파라다이스엔
보물이 있다?

파라다이스엔 보물이 있다?

© 유효순, 2020

1판 1쇄 인쇄__2020년 01월 10일
1판 1쇄 발행__2020년 01월 20일

지은이__유효순
펴낸이__홍정표

펴낸곳__작가와비평
　　　　등록__제2010-000013호

공급처__(주)글로벌콘텐츠출판그룹
　　　　대표__홍정표 이사__김미미 편집__김봄 이예진 권군오 홍명지 기획·마케팅__노경민 이종훈
　　　　주소__서울특별시 강동구 풍성로 87-6 전화__02-488-3280 팩스__02-488-3281
　　　　홈페이지__www.gcbook.co.kr 메일__edit@gcbook.co.kr

값 13,500원
ISBN 979-11-5592-241-5 03800

·이 책은 본사와 저자의 허락 없이는 내용의 일부 또는 전체를 무단 전재나 복제, 광전자 매체 수록 등을 금합니다.
·잘못된 책은 구입처에서 바꾸어 드립니다.

파라다이스엔
보물이 있다?

| 유효순 지음 |

작가와비평

잉여인간에게 다가온
보물

유아교육을 전공하고 어린이집에서 삼십여 년 근무한 나는 2013년 초 정년퇴직했다. 주변에서는 그동안 열심히 살았으니 쉬면서 즐기라고 격려했다. 처음 두어 달은 여기저기 다니기도 하고 사람도 만나면서 그럭저럭 지냈다. 그러다가 차츰 우울해지기 시작했다. 모두 바쁘게 사는데 나만 혼자 섬에 있는 느낌이었다.

뭐라도 해야겠다는 생각에 부지런히 이력서를 제출했다. 내가 가지고 있는 자격증과 능력으로 할 수 있을 만한 어린이집, 관공서, 복지기관, 도서관의 문을 두드렸다. 그러나 아무 곳에서도 나를 원하지 않았다.

나는 초조해졌다. 생각을 바꾸기로 했다. 젊은 사람들도 취직이 잘 안 된다고 하니 정규직은 포기하고 시간제 일이라도 해야겠다고 마음먹었다. 그러나 서너 달이 지나면서 그것조차 요원한 것 같다는 느낌이 들었다. 올해가 2013년, 혹시 '13'이라는 숫자가 나랑 잘 안 맞는 것일까? 그것도 아니면 삼재수가 든 것은 아닐까? 별별 생각이 망상처럼 머릿속을 헤집고 다녔다. 아니다. 아니었다. 세상은 그렇게 만만한 것이 아니었다. 모집 요건과 실제 채용 조건은 다르다는 것을, 시간이 가면서 나는 현실을 직파했다.

한번은 이런 일도 있었다. 사회복지센터에서 서류전형에 합격했다고 연락이 왔다. 나는 옷매무새를 단정히 하고 면접을 보러 갔다. 서류 합격통지서를 보낸 담당공무원이 나를 반갑게 맞으며 센터장에게 안내했다. 둘러보니 나 혼자 보는 단독 면접이었다. 그렇다면 이번에는 승산이 있구나 싶어 내심 가슴이 펴졌다. 세 명의 면접관이 던지는 질문에 성실히 답변하고 나오니 담당공무원이 내게 '수고하셨다'라며 면접실 안으로 들어갔다. 긴장했던지 목이 말랐다. 문 옆에 있는 정수기에서 물을 마시려는데 열린 문틈으로 높은 언성이 새어 나왔다.

"김 주사! 정신이 있어 없어? 우리가 송장 치울 일이 있냐고?"

"그게 아니라, 자격과 경험이 충분하신 것 같아서…."

음? 이게 나를 두고 하는 소리인가? 그 순간 쇠뭉치로 머리를 세차게 맞은 것 같았다. 나는 멍해서 물도 못 마시고 그대로 있었다.

"선생님, 여기 앉으셔서 차 한 잔 드시고 가셔요…."

어느새 나왔는지 담당공무원이 쩔쩔매는 모습으로 내게 차를 권했다. 정신이 든 나는 아니라며 손사래를 쳤다. 센터장의 질책 소리를 내가 들었다고 생각하지 못한 담당공무원은 면접 결과를 설명해 줄 요량인 것 같았다. 나는 공연히 담당공무원에게 미안한 생각이 들어 고맙다는 인사를 하고 나왔다. 이유 없이 눈물이 흘러내렸다. 잉여인간, 잉여인간…. 다 사용하고 난 쓰임 가치가 없는 사람. 쓸모없는 나.

날이 더워 창문을 연다. 고개를 조금만 앞으로 내밀면 20층 아래 놀이터 바닥으로 곤두박질치는 내 모습과 형체도 없이 박살이 난 핏덩어리가 눈앞에 펼쳐져 진저리를 친다. 온몸의 신경 줄이 떨리고 세포란 세포는 모두 발딱발딱 일어선다. 심장이 뛴다. 호흡이 가빠진다. 심호흡을 해도 이 떨림 증세는 좀처럼 진정되지 않는다.

불안한 마음에 밖으로 나간다. 자동차들이 씽씽 달리고 있다. 달리는 자동차 바퀴들이 빨리 들어오라고 나를 부른다. 어서 저 바퀴 밑으로 들어가야 한다는 생각이 내 머리를 두들긴다. 심장이 터지는 것 같다. 쓸모없는 잉여인간, 잉여인간….

"해님, 잘 지내고 계시죠? 자두가 아들을 낳았어요. 다음 주에 우리 가 볼까요?"

순간순간 죽음과 씨름하고 있던 어느 날 아침, 같이 근무했던 교사 '나비'가 내게 전화했다. 내가 근무했던 어린이집에서는 아이들이 교사에게 별명을 지어 불렀다. '선생님'이라는 단어는 권위적인 느낌을 주기도 하지만 말을 배우는 아이들에게 어려운 발음일 수도 있기 때문이다. '자두' 역시 함께 근무했던 교사다.

"어…, 그래? 그럼, 가 봐야지."

그래. 나는 죽어가고 있는데…. 생명은 태어나고, 세상은 여전히 돌아가고 있구나! 문득, 부끄러움을 느꼈다. 곰곰이 생각해 보았다. 그동안 나는 아이들과 생활했다. 그 말은 내가 잘할 수 있는 일이 있다는 것이다. 그러나 이제 그렇게 활동할 기회가 나에게는 없다. 그렇다면 젊은 엄마들이 사회활동을 잘할 수 있도록 지원할 수는 있지 않을까? 일하는 엄마의 아이 보는 일. 그것이 현재 나의 '사회적 역할'이 아닐까? 때마침 '아이돌보미' 모집이 있었다. 나는 지원했고 다행스럽게 선택되었다.

어린이는 보물이다. 그래서 귀하고 신비스럽다. 우리에게 생명력을 불어넣어 준다. 우리에게 힘을 주고 생기를 주는 보물이 때로는 짐이 되고 누군가에게 족쇄가 되기도 한다. 그것은 보물을 바라보는 시선의 차이이며, 시선은 그 사람이 살아온 삶에서 굳어진 것이다.

사람은 혼자 살 수 없다. 어울려 살아야 한다. 즉, 만나며 살아야 한다. 사람과 사람, 사람과 환경이 서로 잘 어우러져야 행복하다. 만남으로 시작되는 사회, 우리가 함께 사는 이 사회에서 만남의 끈을 잘 연결하려면 서로를 잘 보아야 한다. 있는 그대로 모습을 인정하고 노력해야 한다.

그러나 바쁨 또는 편리함을 앞세워 때때로 자를 수 없는 것들을 허망한 잣대로 구분해 버리기도 한다. 인상이나 느낌, 편견이 그렇다. 또 입학 또는 입사 자기소개서에 장단점을 기록하는 난이 있어 우리를 강요하기도 한다. 편리하기 위해 몇 가지로 구분하는 수단에 불과한 것이 만남의 끈을 팽팽하게 조이고 주눅 들게 한다. 현실이 그렇다면, 우리는 굳건하게 살아가는 힘을 세워야 한다. 귀하고 소중한 우리 보물들이 제빛을 발하도록 어른들이 돌아 주어야 한다. 자존감 말이다.

이 책은 '보물이'를 돌보며 만났던 빛나는 순간, 반짝이는 모습들을 그때그때 적어 두었다가 묶은 것이다. 일곱 살 보물이가 만난 세상 즉, 어린이집이라는 사회, 이웃과 친척, 낯선 사람과 주변 환경 등을 경험하면서 두려워하고 깔깔거리고 때로는 감동의 눈물을 흘리며 성장해 가는 삶의 이야기를 모아 놓은 것이다. 이 보물이의 이야기가 많은 사람에게 힘이 되고 생기가 되기를 희망한다.

끝으로 이 이야기가 책으로 나오기까지 애써 주신 많은 분께 감사 드린다. 출판을 허락해 주신 보물이네 부모님, 잠자고 있던 글쓰기를 깨워 주신 한영란 교수님, 일상에서 말없이 지켜주는 나무꾼, 시시 콜콜 지적하는 동생에게 감사한다.

일일이 열거하지는 못하지만 응원해 주신 많은 분계도 지면으로 인사드린다. 특히 물심양면으로 지도해 주시고 지원해 주신 한국어 문교열연구원 식구들과 박재역 원장님께 감사드린다.

2019년 8월 무더운 여름날에

남양주에서 유효순

키가 훤칠하고 깔끔하게 머리띠를 두른

미모의 젊은 여성이

아기를 안은 채 나를 맞으며 활짝 반겨 주었다.

품에 있는 아이가 나를 빤히 쳐다보더니

옷자락 잡은 손에 힘을 주었다.

민감한 반응이다.

나는 얼른 고개를 돌렸다.

'이 아이가 보물이구나!'

야리야리한
다섯 살

파라다이스

:

　　신호등 앞에 섰다. 빨간불이다. 길 건너 저 편으로 비탈길로 된 차도가 보였다. 차도를 따라 시선을 보내니 비탈길 끝에 파라다이스가 우뚝 서 있다.

　파-라-다-이-스. 걱정이나 근심 없이 행복을 누릴 수 있는 곳. 낙원 또는 이상향이라고 알고 있는 파라다이스. 정말 저곳에 나의 낙원이 있을까?

　신호가 초록불로 바뀌었다. 발을 떼어 횡단보도를 건너며 올려다보니 세로로 세워진 대여섯 개의 사각기둥 중 '105'라는 숫자가 내 눈에 들어왔다. 저기구나!

　비탈길을 오르니 숨이 차기 시작했다. 불안한 생각이 머리를 맴돌았다. 눈이 오는 겨울이면 엄청 미끄러울 텐데 넘어져서 다치지는 않을까? 뛰어다니기 좋아하는 아이들 무릎은 온전할까? 자동차는 또

이 비탈길을 어떻게 오르내릴까?

아니다. 미리 걱정할 필요는 없다. 파라다이스는 새로 지은 아파트가 아니다. 적어도 칠팔 년은 됐을 것이다. 그렇다면 이곳에 사는 사람들의 살아가는 궁리가 있을 것 아닌가. 아무래도 그 병이 또 도지려나 보다.

비탈길 하나를 오르니 약간 완만한 평지가 펼쳐지며 가운데에 작은 마트가 있다. 마트를 중심으로 왼편에 아파트 두 동이 오른편에 한 동이 서 있는 게 보였다. 비탈길 하나를 또 오르니 이번에는 양쪽으로 두 동씩 서 있고 입구에는 주차장이 있었다. 그리고 세 번째 비탈을 오르니 높은 축대로 쌓은 장벽이 앞을 가로막으며 행여 무너질세라 산을 떠받치고 있었다.

가로세로 모양을 내어 돌라쌓은 축댓돌에는 담쟁이 넝쿨이 기세 좋게 올라가며 그 잎을 예쁘게 물들여 가고 있었다. 초록이 선명한 잎은 씩씩하게, 불그레한 잎은 싱그럽게 각각 윤기를 반짝이고 있다. 그중 선홍색이 곱게 착색된 작은 잎사귀 하나를 만져 보았다. 붉은 잎이 아직 도톰한 채 탄력을 주는데, 화사함 또한 여유롭게 느껴졌다.

나는 잠시 숨을 돌린 후 초인종을 눌렀다.

"안녕하세요? 조금 전에 전화 드린 돌봄 교사입니다."

열어 주는 문 안으로 들어서며 되도록 상냥한 목소리로 먼저 인사를 건넸다.

"아, 네. 어서 들어오세요. 높아서 올라오기 힘들지 않으셨어요?"

키가 훤칠하고 깔끔하게 머리띠를 두른 미모의 젊은 여성이 아기를 안은 채 나를 맞으며 활짝 반겨 주었다. 품에 있는 아이가 나를 빤히 쳐다보더니 옷자락 잡은 손에 힘을 주었다. 민감한 반응이다. 나는 얼른 고개를 돌렸다.

'이 아이가 보물이구나!'

"이분은 보물이 할머니시고 저기 의자에 앉아 계시는 분은 보물이 할아버지 그리고 여기 보물이 아빠, 저는 보물이 엄마예요. 이리 앉으세요."

어? 이렇게 식구가 많다는 정보는 센터에서 알려 주지 않았는데…. 하여간 나는 돌아가며 머리를 숙이고 나서 엄마와 마주 앉아 아이에게 슬쩍 시선을 보냈다.

"아, 우리 보물이가 낯가림이 심해요. 할머니 할아버지를 보고도 운답니다. 호호."

"그렇군요. 그러면 제가 보물이를 쳐다보지 않고 어머니와 얘기할 테니, 어머니는 자연스럽게 저와 대화를 나누셔요."

유난하게 낯가림이 심한 아이들이 있다. 그 아이들의 특징은 낯선 사람을 계속 쳐다보면서 운다는 것이다. 그럴 때는 낯설어하는 아이에게 시선을 주지 않는 것이 좋다. 모른 척하면서 아이가 친밀하게 생각하는 사람과 웃으면서 이야기를 나누면 아이는 낯설어하던 사람을 차츰 신뢰하게 된다.

"보물이가 머리숱이 많네요. 분유는 잘 먹나요?"

나는 보물이와 눈이 마주치지 않으려고 애쓰며 슬쩍슬쩍 보았다. 하얀 피부에 볼살이 없는 보물이는 머리카락이 유독 까맣게 보였다. 까다로운 기질일까? 직업의식이 불쑥 솟아오르려는 걸 가슴으로 지그시 누르며 나무랐다. 선입견은 금물!

"많이 먹는 편은 아니에요. 지금 돌보고 있던 선생님이 급하게 그만두겠다고 하셔서 어제 센터에 연락했는데 빨리 오셔서 다행이에요."

보물이 엄마는 공백 기간 없이 돌봄 교사가 바로 연결된 데 마음을 놓는 것 같았다. 아이 돌보는 일은 일하는 엄마들의 한결같은 불안이며 긴장이다.

내가 어린이집에서 일할 때, 일하는 엄마들이 등·하원 시간에 맞춰 아이를 데려오고 데려가는 모습은 초를 다투는 뜀박질 경주이며 매일 치르는 치열한 전쟁이었다.

"네. 보물이가 6개월 되었다지요? 그만두시는 선생님은 언제부터 돌보셨나요?"

"제가 출산휴가를 두 달밖에 못 썼거든요. 지금 선생님이 보물이를 바로 보셨었어요. 참, 불편해할까 봐 센터에 미처 말씀 못 드렸어요. 저희 집에 CCTV가 방마다 있어요. 괜찮으시겠어요?"

오잉? CCTV라면, 방범용으로 사용하는 거 아닌가? 그런데 방마다 있다니, 그럼 거실까지 네 개가? 그동안 사람을 고용하면서 뭘 잃어버린 경험이 있는 것일까? 하여간 나는 일하고 싶은 욕구가 앞섰으므로 그런 것은 문제 될 것이 없었다.

"괜찮아요. 오히려 유사시에 책임 선을 확실하게 할 수 있으니까요."

"오! 다행이네요. 사실 걱정했거든요. 대부분 CCTV가 집에 있다고 하면 싫어하시더라고요. 그럼 모레 월요일부터 오실 수 있으시죠?"

보물이 식습관이나 일상생활 내용은 그만두실 선생님과 이틀 정도 함께 근무하며 인계받기로 하고 자리에서 일어섰다.

낯선 사람만 보면 울다던 보물이는 보물이 엄마와 이야기 나누는 동안 나를 쳐다보고도 울지 않았다. 보물이 엄마는 신기하다고 했지만 그것은 내가 보물이와 눈을 마주치지 않으면서 천천히 익숙해지도록 기다린 덕분일 것이다.

"보물아, 선생님한테 '안녕히 가셔요' 해야지? 이렇게, 빠이빠이!"

품 안에서 보물이 팔을 꺼내어 잡으며 보물이 엄마가 팔랑팔랑 흔들었다. 보물이가 약간 얼굴을 찌푸리며 나를 말갛게 바라보다가 고개를 확 돌렸다.

"시크하긴! 얘가 이렇게 좀 시크름하답니다. 호호호. 선생님, 그럼 우리 보물이 잘 부탁합니다."

서로 수인사를 나누고 밖으로 나오니 파란 하늘이 기다렸다는 듯 나를 얼싸안았다. 나는 더욱더 깊은 심호흡으로 푸르름을 흠뻑 들여마셨다.

상큼함을 두 발에 얹어 비탈길을 내려와서는 고개를 젖혀 무심코 올려다보았다. 저 높은 곳에서 이쪽을 내려다보는 파라다이스 사이로 울긋불긋한 초가을 산자락이 나부끼는 깃발처럼 보였다.

꽃노을

· · ·

　서둘러 집을 나섰다. 아파트 현관문을 밀고 나오니 멀리 산등성이 위에서 노을이 반긴다. 붉은빛과 노란빛이 어우러져 번지는 아침노을은 말갛게 세수하고 나온 아이의 얼굴처럼 투명하게 빛이 났다. 빠르게 발걸음을 떼어 버스정류장 쪽으로 걸었다. 화단 옆 벽돌색 보도블록 위에 노란 은행잎이 떨어져 수북하게 쌓여 있었다. 둘러보니 키 작은 영산홍과 철쭉 잎은 붉게 단풍이 들었고 키가 큰 나무도 울긋불긋 색깔을 뽐내며 물들어 가고 있었다.

　어느새 이렇게 화려해졌을까? 엊그제만 해도 푸르른 나뭇잎을 흔들며 오가는 나에게 그늘을 만들어 주었는데….

　버스정류장에는 사람들이 서너 명 있었다. 안내 전광판을 보았다. 4분 후에 버스가 정류장에 도착한다는 자막이 깜박거렸다. 핸드폰을 꺼내 시간을 보았다. 여느 날보다 늦은 시간은 아니다. 핸드폰 뚜껑을 덮으려는데 이마께가 예리하게 느껴졌다. 발을 멈추고 고개를 들었다. 꽃같이 아름답던 노을을 젖히고 아침 해가 찌를 듯한 광채를 발산하며 산 위로 솟아오르고 있었다.

'아, 해님! 감사합니다. 또 감사합니다.'

나도 모르게 입술 사이로 고마움이 기도처럼 흘러나왔다. 눈을 감고 잠시 햇살을 한껏 들이마셨다. 싸한 아침 공기와 평화로운 기운이 가슴속 깊이 스며들며 촉촉하게 몸을 적시는 듯했다.

비탈길을 천천히 올라 보물이네 집 비밀번호를 눌러 문을 열고 들어가니 아빠랑 거실 어귀에 서 있던 보물이가 활짝 웃으며 두 팔을 벌려 안아 달라는 신호를 보내왔다.

"해님 오셨네, 보물아! 아빠처럼 해 봐요. 손을 배꼽에, 안녕하세요?"

보물이 아빠가 노래하듯 말하며 양손을 배 앞으로 모으고 허리를 굽혀 인사하는 모습을 보였다. 그런 아빠를 따라 주저앉듯 자세를 낮춘 보물이가 상긋 웃으며 "안… 세요" 하고 첫음절과 끝 두 음절을 따라 했다. 18개월 된 보물이는 두 음절은 비슷하게 발음하지만 긴 문장은 아직 내놓지 못한다.

출근하는 엄마 아빠에게 조금 전 보물이 아빠가 보물이에게 권유한 방법으로 작별 인사를 함께 하고 거실 안으로 들어왔다. "늦었다"라며 남편을 채근하는 보물 엄마 목소리가 급하게 닫히는 현관문 소리와 함께 등 뒤에서 들려 왔다.

"자, 보물 양! 이제 우리는 아침을 먹어야겠지요? 맘마!"

"맘마, 맘마 줘."

보물이가 따라 하며 발에 밟히는 책을 하나 집어 들었다. 자기 소파에 앉으며 무릎 위에 놓고 펼치더니 혼잣말로 사과, 딸기, 빠방 하고 손가락으로 그림을 짚으며 책장을 넘겼다. 그러다가 휙 덮어서 밀어 놓고 일어섰다.

이제 내가 아침을 준비하는 동안 혼자서 기다려야 한다는 것을 보물이도 안다. 그래서 책을 보다가 문득 일어서서 다른 활동을 하려고 하는 것이다. 요맘때는 집중하는 시간이 짧기 때문에 이것저것 보이는 대로 생각나는 대로 움직인다.

보물이가 옆에 있던 블록 상자를 끌어당기더니 한쪽을 기울여 바닥에 쏟아부었다. "와그르르!" 플라스틱 부딪치는 소리가 요란하게 났다. 순식간에 매트가 깔린 거실 바닥이 빨강, 파랑, 노랑, 초록의 원색으로 가득 찼다.

나는 못 본 척 아침을 준비하며 보물이가 방해받지 않도록 슬쩍슬쩍 눈길만 주었다. 혹시라도 위험한 상황이 벌어지거나 도움이 필요할 때 재빠르게 대응하기 위해서다.

천재블록은 모서리를 끼워 맞추어 모양을 구성하는 것인데 아직 보물이 나이에는 어려운 작업이다. 그런데도 보물이는 며칠째 블록을 끼워 보려고 열심히 씨름하고 있었다. 운 좋게 두어 개가 서로 끼워지면 얼굴에 웃음을 가득 띠고 "와" 하고 소리치며 손뼉을 쳤다.

지금도 침을 흘리며 두어 개를 끼우더니 그 옆으로 계속 블록을 올려놓으며 쌓고 있다. 엉성하게 쌓아 올라간 블록들은 하나 더 올릴 때마다 위태롭게 흔들렸다. 힘 조절이 잘 안 되는 보물이를 마음 같아선 도와주고 싶지만 보물이가 도움을 청할 때까지는 참아야 한다.

쟁반에 숟가락을 올려놓으며 준비한 아침상을 들고 보물이가 있는 거실 탁자 쪽으로 몸을 돌렸다. 그때다! 무엇이 마음에 들지 않았는지 그렇게 열심히 쌓은 공든 탑을 팍, 밀어 버렸다.

"왁따그르르르…!"

우렁찬 소리를 내며 부서지는 블록들을 보던 보물이가 어깨를 들었다 놓으며 "하우!" 하고 숨을 몰아쉬었다. 그리고 나를 보았다. 들고 있던 쟁반을 얼른 내려놓고 달려가 보물이를 따뜻하게 보듬으며 천천히 말했다.

"보물아, 잘 안 됐구나? 수고했어. 해님이 보기엔 어제보다 더 높이 쌓은 것 같아. 다시 하면 잘할 수 있어요. 그럼 우리 맛있는 맘마 먹을까?"

건강한 실패감은 성장에 필요한 약이다. 아이들은 실패를 반복하며 스스로 그 원인을 알아낼 수 있다. 그러나 어른들이 '기다림'을 못하고 개입하기 십상이다. 물론 해결해 주면 당장은 안타까움이 사라지겠지만 실패의 원인을 찾지 못한 채 지나가게 된다. 실패와 도전, 그것이 아이의 자존감을 키우는 힘이라고 생각한다.

아침 먹은 자리를 재빠르게 정리하고 나서 보물이를 보며 물었다.

"자, 이제 아침도 먹었으니, 오늘은 무엇을 하며 함께 재미있게 지낼까? 날씨도 좋은데 우리 밖으로 나갈까요?"

"네."

"으~음, 정말? 우리 보물이가 이제 대답도 아주 잘하네."

걸음마가 시작되는 아이들은 밖으로 나가는 것을 좋아한다. 벌써 현관 쪽으로 달려가는 보물이에게 옷을 입히고 간단한 간식과 물 그리고 필요한 물품을 유모차 짐칸에 챙겨 넣고 나왔다. 높은 하늘에 흰 구름이 한가롭게 떠 있는 화창한 날씨가 기대감으로 나를 설레게 했다. 체험학습, 바깥 놀이는 어린이 건강 상태와 날씨 그리고 현장 사정에 따라 효과가 다르게 나타난다.

도서관 옆 공원에 도착하니 확성기 소리가 희미하게 들렸다. 보물이를 유모차에서 내려 손을 잡고 소리 나는 쪽으로 발길을 돌렸다. 그러나 요즈음 걸음걸이에 자신감이 붙은 보물이는 손을 잡지 않고 혼자 걸으려 했다. 넓은 잔디 위에서 마음대로 돌아다니며 오감으로 자연을 탐색하는 것이 오늘 야외활동의 목표이므로 나는 보물이 뒤를 따라가기로 했다.

한쪽으로 흐르는 개울을 따라 산책로가 있고 원형의 널따란 잔디밭 주변으로 오솔길을 만들어 놓은 공원에는 나무들이 형형색색의 단풍을 맞이하고 있었다. 앞서서 통통거리며 달려가는 보물이를 시야 안에 넣은 채, 나는 물들어 가는 가을을 이리저리 둘러보며 보물이 뒤를 따라 걸었다.

두 팔을 내두르며 열심히 걸어가던 보물이가 내게로 달려와서 손을 잡았다. 아마, 크게 들려오는 확성기 소리와 아이들 소리에 겁이 난 모양이다. 보물이를 안고 아이들이 많이 모여 있는, 원형 잔디가 있는 운동장 벤치에 가서 앉았다.

주황색과 초록색 체육복을 입은 두 어린이가 커다란 공을 각각 굴리며 반환점을 돌고 있었고 출발점에서는 양 팀의 어린이들이 소리를 지르며 응원하고 있었다. 아마 어린이집 두 곳이 체육 시간을 함께 묶어서 운동회를 하는 것 같았다.

이런 광경을 생전 처음 보는 보물이에게 자세하게 안내하고 중계했다. 이번에는 장대에 매달린 커다란 소쿠리에 콩 주머니를 던져서 뚜껑이 열리게 하는 경기를 했다. 힘이 약한 어린이들이라 좀처럼 소쿠리 뚜껑이 열리지 않자 두 어린이집 교사들이 나서서 치열한 혈투를 벌였다. 나는 어릴 적 운동회를 떠올리며 두 편 모두를 향해 힘내라고 응원했다.

"주황팀 이겨라! 초록팀 이겨라!"

큰 소리에 두려워하던 보물이가 차츰 내 흉내를 내며 소리를 지르고 손뼉을 쳤다. 우리는 마주 보며 깔깔깔 웃었다.

"어이구, 손녀딸이랑 한창 재미있으시네."

흰 장갑을 끼고 접은 두 팔을 앞뒤로 흔들며 걸어오던 할머니가 한마디 던지고는 휑하니 지나갔다. 낯선 사람의 말소리에 머쓱해하는 보물이의 두 손을 잡고 "운동하시는 할머니가 보물이가 예쁘다고 하시네." 하고 해석해 주었다. 보물이는 내 해석이 마음에 들었는지 이내 활짝 웃었다. 나는 다시 소리를 커다랗게 지르며 손뼉을 쳤다. 보물이도 좋아라 하며 깔깔깔 웃었다.

운동회가 끝나고 시끌벅적한 소리를 내며 아이들이 떠난 공원은 고요했다. 보물이와 나는 감기 예방에 좋다는 따끈한 가을 햇살에 몸을 담그고 예쁘게 물들어 가는 단풍잎을 탐색했다.

"보물아, 이것 봐. 보물이 손 같은 모양이네. 여기에 대 볼까?"

나는 보물이의 앙증맞은 손바닥을 펴서 붉게 물든 단풍잎을 옆에 세워 보였다.

"우아! 모양이 똑같네. 빨간색이 예쁘다. 그치? 여기 분홍색도 있네."

"음, 빨간색. 와~ 이쁘다. 핑크, 핑크. 헤헤."

"자 이번에는 이 예쁜 잎을 날려 볼까? 우아, 팔랑팔랑 날아간다!"

"히히, 나도. 나도 할래. 와~ 하. 나비다. 나비~"

보물이는 신이 나서 떨어진 단풍잎을 주워 던지고 또 던졌다. 비록 위로 오르지 못하고 바로 발 앞에 떨어져도 보물이 눈에는 나비로 형상화되어 날고 있으리라.

우리는 구석에 모여 있는 낙엽을 밟으며 소리를 듣기도 하고 떨어진 나뭇잎을 모아서 하늘을 향해 훌쩍 뿌려 보기도 했다. 또 나무 뒤에 얼굴만 숨기는 숨바꼭질과 까꿍 놀이를 하다가 산수유 열매를 따서 씹어 보고는 그 신맛에 얼굴 찡그리며 함께 깔깔깔 웃었다.

내가 보물이를 만난 지 일 년이 되어 가고 있다. 그동안 어린이집에서 많은 아이와 생활했던 나는 단체생활 속에서 놓쳤던 것들을 보물이에게서 발견하고 개별교육의 중요성을 다시 실감했다.

아이들은 저마다 발달상태가 다르다. 빠른 아이, 늦은 아이, 순한 아이, 까다로운 아이 등. 그러므로 보육이나 교육은 아이의 현재를 인정하고 그 상태에서 적합한 방법으로 접근해야 한다. 그러나 어린이집이나 유치원에서 집합교육으로 진행되고 있는 현실은 아이의 개별성을 인정하기가 어렵다.

6개월 된 보물이와 처음 만나 새롭게 시작한 일상에서 삼십여 년의 어린이집 교사 생활을 반추하며 무시로 경이로움을 발견할 때, 반성하고 또 다짐한다. 빽빽한 계획서에 따른 보육이 아닌, 여유로운 일정 속에서 그날그날 보물이 건강 상태나 관심도에 따라 융통성 있게 활동할 수 있는 것에 감사하고 또 감사한다.

일상은 고단하고 힘들기도 하다. 드러나고 보이는 일상은 솟아오르는 아침 태양처럼 눈이 부셔 때로는 눈 뜨기 힘들게 하지만, 그 이면에 아름다운 꽃노을을 지워 버리기도 한다는 인생의 비밀을 알게 된 것이다.

행복한 사람은 만사에 감사한다. 그러나 인생의 비밀을 아는 사람은 오직 겸손할 따름이다.

잣불

∶

보물이가 어린이집에서 귀가했다.

보물이는 작년, 그러니까 우리나라 나이로 네 살에 어린이집에 입학했다. 낯가림이 있는 보물이가 집안에서 친숙한 어른들하고만 생활하다가 아이들이 많은 어린이집을 다니게 되었을 때 우려도 컸다. 왜 안 그렇겠는가. 제각기 다른 환경에서 자란 아이들이 모여서 온종일 생활하는 곳이니, 본의 아니게 다툼도 많이 일어나게 되는 곳이 어린이집이다.

그러나 세상은 혼자 사는 곳이 아니기 때문에, 사람들과 어울려 살아야 하므로 단체생활을 시도한 것이다.

처음 시작하는 보물이의 사회생활이 원만하고 활기차게 지나갈 수 있도록 보물이 부모와 함께 최선을 다했다. 보물이 엄마가 늘 말하듯 보물이는 정말 인복이 있나 보다. 다행스럽게도 따뜻한 선생님과 친구들을 만나 벌써 일 년 가까이 무난하게 지나가고 있다. 얼마나 다행인가. 감사하고 또 감사할 일이다.

자기 방에다 점퍼를 벗어 던지고 나온 보물이가 내 곁으로 왔다.
"해님, 우리 놀자. 응? 응?"
초롱초롱한 두 눈을 내 얼굴 가까이 들이대더니 눈꺼풀을 깜짝 깜짝였다. 이런 표정은 자기가 꼭 이루고 싶은 것이 있을 때 조르는, 일종의 보물이만의 애교다.
"그래? 오늘 어린이집에서 친구들이랑 많이 안 놀았어?
"으음, 나는 오소영이 좋은데 오늘 오소영이 안 왔어."
아이들 성격이 다르듯 아이마다 좋아하는 친구도 다르고 놀이도 다르다. 혼자서 하는 놀이를 좋아하는 아이들이 있는가 하면, 여자 아이들은 두세 명이 모여 '엄마 아빠 놀이' 같은 정적인 놀이를 좋아 한다. 반면에 남자아이들은 '블록 놀이'나 '로봇 놀이' 같은 활동적 인 놀이를 즐겨 한다.
"그랬구나. 보물아, 어린이집에 다른 친구도 많잖아. 좋아하는 친 구하고만 놀면 다른 친구들이 섭섭하게 생각해. 여러 친구하고 함께 어울려 놀아야지…."
"섭섭한 게 뭐야? 슬픈 거야?"
"그렇지. 다해랑 수정이도 보물이 좋아하잖아?"
"나도 알아. 그렇지만 나는 오소영이가 좋아. 그런데 해님, 우리 뭐

하고 놀까?"

아무래도 오늘 보물이가 어린이집에서 즐겁게 놀지 못한 것 같다. 아니면 단체생활에서 자기 마음대로 되지 않는 것이 많아 뭔가 개운하지 않은 감정이 남아 있는지도 모르겠다. 나는 가방에서 꺼낸 빈 도시락을 싱크대 안에 넣고 돌아섰다.

"좋아, 우리 놀자."

"히히, 해님. 우리 무슨 놀이 할까? '빙글빙글 놀이' 할까? '블링블링 패션쇼 놀이' 할까? 아니면 '라라라 이보물송 놀이' 할까? 음, '차 마시면서 얘기하는 놀이' 할까? 아니면 '선생님이 새로 오셨어요' 할까? 해님이 먼저 놀고 싶은 놀이를 말해 봐."

"그럼, 우리 '차 마시면서 얘기하는 놀이' 할까?"

오늘 보물이가 어린이집에서 어떻게 생활했는지 혹, 마음속에 무거운 기류가 자리하고 있다면 이야기로 털어 내 보고 싶어서 슬슬 시동을 걸었다.

"해님, '차 마시는 놀이' 말고, '로보카 폴리 놀이' 할까?

에잉, 오늘도 정의로운 경찰 놀이를 하려나 보다. 할 수 없지. 그렇다면 일단 보물이 의견을 받아들이면서 돌아가는 방법으로 풀어야지.

"좋아. 보물이 의견대로 '로보카 폴리 놀이' 하자."

"해님, 그러면 로보카 폴리 중에서 '앰버가 새로 왔어요' 할까? '폴리가 다쳤어요' 할까? '에너지를 충전해요' 할까? 아니면 우리 '탐험

놀이' 할까?"

보물이는 언제나 이런 식이다. 자기가 이런저런 이름을 붙인 놀이를 나열하고 나보고 선택하라고 한다. 그러나 내가 막상 제안하면 또 여러 가지 이유를 늘어놓으며 결국, 보물이 마음에 둔 놀이로 결정한다.

"보물아, 그런 놀이는 매일 했으니까, 오늘은 새로운 놀이를 해 볼까?"

"새로운 놀이? 그게 어떤 놀이인데?"

보물이가 두 눈을 반짝이며 호기심 가득한 얼굴을 보였다.

그래. 오늘은 날도 날이니만큼 전통놀이를 시도해 봐야겠다.

"음…, 잣불 놀이."

"잣불 놀이? 그게 뭐야?"

음력 정월 열나흘 저녁, 한 해 신수를 미리 점쳐 보는 놀이다. 껍질을 깐 잣 열두 개를 각각 바늘에 꿰어 불을 붙인다. 잣알 한알 한알에 한달 한달 불의 밝기와 타는 모습으로 열두 달의 신수가 좋고 좋지 않음을 추측해 보는 것이다.

"보물아, 잣불 놀이는 옛날 옛날에 해님이 보물이만 했을 때 할머니하고 함께 한 놀이야."

"정말? 해님이 다섯 살 때? 어떻게 하는 거야?"

내가 자기 나이에 했다는 놀이에 부쩍 관심을 보이며 기대에 찬 눈빛을 보냈다.

그 시절 잣은 지금처럼 흔하지 않았다. 형편이 넉넉한 집에서나 가끔 잣을 먹을 수 있었는데 우리 집 형편은 여유롭지 못했다. 일곱 식구의 잣불을 켜려면 적어도 한 공기의 잣이 필요했다. 궁리 끝에 할머니는 해거름에 자주 드나드는 만신 집에 가서 봉죽을 들어 주고 잣 한 종지를 얻어 왔다.

희미한 호롱불 심지를 돋우어서 방안을 밝힌 할머니가 고모와 삼촌 그리고 나를 불러 앉히고는 의기양양한 목소리로 말했다.

"자, 조심해서 껍질을 까야 한다. 깨지면 불을 켤 수가 없어요. 알아들었냐?"

고모와 삼촌은 냉큼 굵직한 잣알 서너 개를 골라 들더니 입안으로 넣었다.

"와자작! 아이고 다시. 와작! 야흐 살았다. 아주 멀쩡하게 건졌는걸."

"호호, 그렇다면 나도. 와지끈! 흐흐흐. 아, 이빨 아파라, 성공!"

고모와 삼촌은 속 알이 멀쩡한 잣알 한두 개를 만들어 놓고는 깨지지 않는데도 깨졌다고 연신 껍질을 발라먹으며 낄낄댔다. 나도 지지 않으려고 입에 넣고 힘껏 깨물었다. 그러나 나는 실패했다. 발라먹을 수도 없이 박살이 났다. 잣알은 점점 줄어드는데 내 어금니에서는 두 번째부터 벌써 불이 나고 있었다.

보다 못한 할머니가 고모와 삼촌의 등짝을 한 대씩 후려치더니 벌떡 일어나 장도리를 들고 왔다. 그리고 나머지 잣을 조심스레 깨트리며 중얼거렸다.

"영험하신 신령님, 우리 식구들 올 한 해도 무탈한지 보려고 하니, 그저 늙은이 손길에 영험한 잣불 효험을 잘 볼 수 있도록 부디부디 보살펴 주시옵소서."

영검한 할머니의 기도 덕분인지 아니면 정성 때문인지 성한 잣알 일곱 개를 겨우 건질 수 있었다. 그러니까 우리는 잣알 하나에 한 달 운을 보는 것이 아니었다. 잣 한 알에 한 사람의 일 년 열두 달 신수를 점쳐 볼 수밖에 없었다.

"보물아, 보물이가 먹던 잣이 어디 있더라? 아, 냉장고에 두었지?"

견과류가 어린이 발육에 좋다며 보물이 엄마가 준비해 놓은 항아리에서 깐 잣을 한 숟갈 퍼서 종지에 담았다. 그러고는 싱크대 서랍에서 라이터를 꺼내 들고 보물이 곁으로 오며 형광등 스위치를 내렸다. 어둑함이 흐리게 거실 가득 내려앉았다.

"자, 보물아 여기 의자에 앉아 볼까? 해님은 여기 맞은편에 앉을게."

보물이 책상을 가운데 놓고 작은 의자에 마주 앉았다. 그리고 이불 꿰매는 긴 바늘을 집어 들었다.

"해님, 그게 뭐야? 바늘이잖아? 무서워!"

"걱정하지 마. 보물아, 잘 봐. 해님이 이렇게 바늘에 이 잣을 꿰었지? 이제 여기에 불을 붙일 거야. 그러면 잣불이 되는 거지. 불이 활활 잘 타야 좋은 거야."

"해님! 불나는 거 아니야?"

보물이가 몸을 뒤로 젖히며 얼굴을 찌푸렸다. 어린이집에서 받은 안전교육 자료 화면이나 TV 뉴스에서 보았던 화재 장면을 떠올리고 있는 것 같았다.

"그러니까 해님이 불을 켤게. 보물이는 잣불이 어떻게 타는지 잘 관찰하면 돼."

나는 바늘 끝에 꽂힌 잣에 불을 붙였다. 그리고 예전에 할머니가 그랬듯이, 그러나 조금은 어색하고 쑥스러운 기분으로 주문을 외었다.

"다섯 살 난 이씨 가문의 장녀 우리 이보물 공주입니다. 올 한 해도 건강하고 씩씩하고 행복하게 잘 지낼 수 있는지 잣불의 효험을 보여 주시길 비나이다."

"와! 불이네. 해님, 촛불이야! 아니 참, 잣불이라고 했지?"

"와우! 보물아 불이 훨훨 잘 타오르고 있어. 이것 봐. 점점 커다란 불덩어리로 변하고 있네. 우리 보물이가 올 한 해도 아프지 않고 쑥쑥 잘 자라려나 보다!"

보물이 잣불은 그 옛날 솜방망이에 붙인 봉홧불처럼 환하게 잘 타올랐다. 그리고 순식간에 푸르스름한 연기를 남기고 꺼졌다. 갑자기 적막함이 거실 가득 덮쳤다.

"해님, 해님 것도 해 봐. 응?"

불덩어리가 금세 꺼져서 아쉬움이 남았는지, 아니면 갑자기 찾아

온 뭔지 모를 적막함이 버거운지 보물이가 침을 꼴깍 삼키며 나를 독촉했다.

"좋아. 자, 잘 봐. 해님 잣불은 과연 어떻게 피어오를까?"

바늘 끝에 붙어 있는 사과 씨 같은 재 덩어리를 빼고 새 잣 한 알을 다시 꿰었다. 잣 상태가 좋아서인지 내 잣불은 가지치기를 하며 점점 기세 좋게 타올랐다.

"해님! 해님 잣불은 어떤 거야? 내 잣불보다 잘 타는 거야?"

보물이 눈에는 어느 것이 더 좋은지 가늠할 수 없는지 나에게 확인하려 했다.

"으음, 당연히 우리 보물이 잣불이 훨씬 커다랗게 잘 탔지. 그러니까 올 한 해도 우리 보물이는 씩씩하게 쑥쑥 자라서 보물이가 꿈꾸는 발레리나스케이트 선수가 될 거야. 보물이도 방금 봤잖아?"

물론 내 잣불이 보물이 잣불보다 더 크게 퍼지며 활활 타올랐지만 언제나 1등을 해야만 마음을 놓는 요맘때 보물이 욕구를 잘 알고 있으므로 보물이 잣불의 웅장함을 힘껏 추켜세웠다.

"그래? 그럼 해님 잣불은 나보다 시시한 거야?"

"그렇지. 보물이가 해님 것보다 훨씬, 훨씬 좋은 거야. 좋겠다. 보물이는 잣불이 훌훌 타올라서 올 한 해 건강하고 행복할 거야!"

보물이 잣불 운을 한껏 치켜세우며 쟁반 위에 남은 뜨거운 재 덩어리와 바늘, 라이터 등 위험한 것들을 서둘러 들고 일어나며 거실 등을 켰다. 어린이가 있는 곳은 항상 안전사고 예방이 중요하기 때문에 위험 소지가 있는 물건들을 빨리 제거해야 한다는 게 내 철칙이다.

주방에서 잣불 켠 흔적들을 정리하다가 문득, 고요함이 느껴졌다. 고개를 돌려 보니 거실에 보물이가 보이지 않았다. 자기 방에서 무얼 하고 있나 하는 생각에 살그머니 보물이 방 앞으로 가 보았다.

보물이가 등을 보인 채 베란다 쪽 큰 창문께를 우두커니 보고 있었다. 어둠이 내려앉은 서쪽 하늘에는 석양이 붉은 잔해를 남기면서 은은하게 퍼져 있었다.

"보물…?"

흐읍! 나는 목소리를 급하게 삼키며 긴장했다. 보물이의 작은 어깨가 미세하게 흔들리는 것 같았다. 아니다. 잘못 보았겠지. 밝은 곳에 있다가 침침한 곳으로 왔기 때문에 잔상이 흔들리는 것이겠지. 눈을 비비며 조심스럽게 보물이를 불렀다.

"보물아, 해님이 집으로 가는 것 보고 있었어?"

"해님! 해님은 정말 죽는 거야?"

획, 몸을 돌려 나를 바라보는 보물이 뺨 위로 맑은 눈물이 주르륵 흘러내렸다.

음? 이건 또 무슨 상황일까? 나는 돌려 감기 하듯 오늘 하루 동안의 영상을 재빠르게 되감아 보았다. 아무것도 맺히는 것이 없었다.

"보물아, 해님은 산 아래 집으로 갔다가 내일 아침에 다시 떠오를 거야."

애써 부드러운 목소리로 말하고 키를 낮추며 보물이에게 다가갔다.

"해님, 죽지 마. 제발! 해님이 죽으면 나는 어떻게 해!"

보물이가 와락 나를 끌어안으며 애원했다.

어? 이럴 때 어떻게 해야 하지. 진지해야 할까? 다섯 살 아이의 죽음에 대한 공포를 어떻게 받아들이고 어디까지 안내해야 할까?

"보물아, 해님은 안 죽어. 걱정하지 마. 보물이가 왜 그런 생각을 했을까?"

보물이가 불안해하는 핵심을 먼저 알아보고 대응해야겠다는 생각에 안고 있던 보물이를 품에서 서서히 떼어냈다. 그리고 보물이 뺨에 묻은 물기를 닦아 주며 따뜻하고 진지한 눈빛으로 다정하게 물었다.

"정말? 진짜 해님은 안 죽어? 그런데 아까 해님 잣불에서 아기 불들이 막 떨어졌잖아. 많이…."

호오, 대단한 관찰력! 이렇게 섬세하고 치밀한 상상력을 어떻게 안아야 할까? 가지를 치고 타오르다가 순식간에 반짝이며 사라지는 먼지 같은 불똥들을 보물이가 본 것이다. 그리고 그 사라지는 것을 보며 막연한 공포를 느낀 것이리라.

"보물아, 그건 봄에 좀 잘 안 되다가 가을이랑 겨울에는 잘된다는 뜻이야."

"그래? 그럼 해님 잣불이 처음에 작게 타다가 점점 커졌으니까 그러면 가을 겨울에 해님이 죽는다는 뜻이야?

오우, 저런! 보물이는 모든 것을 알고 있었다. 내 잣불이 더 컸다는 것도….

"아니, 안 죽어. 해님은 보물이가 클 때까지 절대 안 죽고 오래 살게. 그러니까 걱정하지 마. 보물아, 보물이 어린이집에서 전통놀이 하잖아? 이 잣불도 옛날부터 조상님들이 보름 전날에 전통놀이로 하던 풍습이야."

"정말? 그럼 해님 안 죽는 거야? 고마워, 해님."

보물이가 그제야 마음이 놓이는 듯 목소리를 높이며 다가와 내목에 두 팔을 둘렀다. 뭐라 말할 수 없는 뭉클함이 왈칵, 치밀어 올랐다.

"보물아. 고마워. 해님은 보물이를 많이많이 사랑해!"

나도 모르게 보물이를 품 안으로 당겨 꼭 끌어안았다. 콩닥거리는 보물이의 심장 소리가 파장을 일으키며 내 온몸에 뜨겁게 번졌다. 그리고 그 뜨거움을 뚫고 보물이의 독백이 나를 다그쳤다.

"해님, 해님은 백 살 천 살, 아니 경 살까지 살아야 해. 알았지? 세상에서 제일 많은 수는 억보다 큰 경이래. 엄마가 그러는데 경은 밤새도록 세도 다 못 센대…."

안 잘 거야

·
·
·

      보물이가 앉아 있는 거실로 화사한 오후 햇살이 쏟아졌다. 넓은 유리창을 뚫고 들어오는 눈부신 햇살이 울긋불긋하게 깔린 매트 위에서 어지럽게 반사되는 것 같았다. 그래서인지 한창 유행하는 만화 캐릭터가 그려진 매트는 산만해 보이기까지 했다. 그러나 어쩌랴! 어린이가 있는 집에서는 층간 소음과 안전사고 방지를 위해 대부분 깔아 놓는 것을. 문제는 일괄적으로 구매한 것이 아니고 이집 저집에서 모아 온 것이어서 그림도 색깔도 다른 매트가 방과 거실 바닥을 꽉 채우고 있다는 것이다.

    간식 먹은 자리를 정리하고 보물이 가방에서 꺼낸 도시락을 닦아서 엎어 놓으며 맞은편 시계가 걸린 벽으로 무심히 눈길을 보냈다.

    "어? 벌써 5시가 다 되었네. 보물아, 해님이 물 받을게. 우리 목욕하자!"

강렬한 색채로 가득한 거실 매트 위에 앉아 따끈한 햇살을 뒤집어 쓴 채 무언가에 집중하고 있는 보물이 등을 내려다보며 부드럽게 말했다.

삼월 말 햇살은 요망스럽기까지 하다. 화사해서 따듯하다가도 해가 떨어지면 금세 기온이 내려간다. 한낮에는 기온이 높아 땀을 흘리기도 하는데 실내는 서늘하기조차 했다. 그 때문에 햇살이 있을 때 씻고 나와야 한다. 그래야만 건조한 보물이 피부에 로션을 바르고 실내복으로 갈아입히는 동안 춥지 않을 것이다.

"우리 보물이가 무엇을 하고 있을까? 왜 대답이 없지?"

혼잣말하며 주방 식탁 위에 있던 보물이 가방을 집어 들었다. 가방 안을 들여다보니 물기가 있었다. 오늘도 보물이는 점심을 빨리 먹으려고 국에 말아 먹은 모양이다. 말아 먹는 것이 바람직하지는 않지만, 단체생활 속에서 또래에게 뒤처지지 않으려고 애쓰는 모습이 보이는 듯해서 안타까웠다.

물수건으로 가방 안을 닦았다. 매일 이렇게 닦다시피 해서 햇볕에 소독한다. 하지만 그래도 가방에서는 왠지 음식 냄새가 나는 것 같았다. 벌써 두 해째 가지고 다니는 가방이니 왜 안 그렇겠는가. 나는 수저 주머니까지 깨끗이 빨아 들고 건조대가 있는 베란다 쪽으로 향했다.

"어…?"

양손에 낱말카드를 들고 앉아 있는 보물이 몸이 천천히, 조금씩 움찔거리며 점점 앞으로 수그러들고 있었다.

'저런, 보물이가 졸고 있었네. 어쩐지 조용하더라니!'

웃음이 나오려는 것을 꾹 참고 방에서 나뭇잎베개를 얼른 가져왔다. 보물이 키보다 더 기다란 이 쿠션은 처음엔 나비가 날아다니는 무늬였다. 그래서 보물이는 나비베개라고 부르며 걸음마를 시작할 때부터 끌어안고 잠을 잤다. 엎드려 자는 습관이 있는 보물이가 푹신하고 부드럽다며 시도 때도 없이 끌고 다니니 두툼했던 것이 납작해졌다. 보물이 엄마가 버리려고 했지만 보물이가 반대하는 바람에 겉껍데기만 새것으로 바꾸었다. 그래서 지금은 커다란 나뭇잎 그림으로 바뀐 나뭇잎베개가 되었다.

'우리 보물이가 피곤하구나. 자 이쪽으로…'

입속으로 뇌며 나뭇잎베개를 보물이 몸이 기우는 쪽으로 서서히 가져갔다.

보물이는 아기 때부터 귀가 밝았다. 소리에 민감하게 반응하고 미세한 움직임에도 화들짝 잠이 깨곤 했다. 행여 더울까 살그머니 부채질만 해도 몸을 돌렸고 밖에서 들려오는 아이들 소리나 위층 피아노 소리에도 눈을 떴다. 그렇게 깊은 잠을 못 자고 깜짝깜짝 깨는 보물이의 잠 습관을 잘 아는 터라, 어떻게 하면 깨지 않고 잠을 자게 할 수 있을까 고심하며 조금씩 보물이 몸 가까이 나뭇잎베개를 살그머니 대며 숨을 죽였다.

"음…? 왜?"

눈을 번쩍 뜬 보물이가 나를 보며 물었다.

아이고 틀렸구나! 그냥 졸게 놔둘 걸 그랬나 싶으면서도 자세가 불편한 것을 보면 힘들 것 같아 번번이 애를 태운다.

"어? 아니. 보물아, 졸리면 여기 나뭇잎베개 위에서 자는 게 어떨까?"

"해님! 나 안 졸리거든? 해님은 왜 나보고 자꾸만 자래?"

갑자기 게슴츠레한 눈을 치켜뜨더니 그, 잠이 가득한 눈에 물을 가득 고이며 보물이가 내게 도전했다.

"그래? 보물이가 피곤한 것 같아서…, 피곤할 땐 자고 나면 기분이 좋아지거든."

"해님, 나는 지금 안 피곤하거든? 해님은 왜 어린이 말을 안 믿는 거야?"

이야! 드디어 우리 보물이의 투정이 시작됐다. 그렇다면 보물이가 졸린 것이 확실하다.

잠이 올 때, 보물이는 말끝을 붙잡고 짜증을 냈다. 대화를 나누다가도 말끝에 나오는 단어를 붙들고 시비를 걸었다. 지금같이 자기는 졸리지 않는데 왜 어린이 말을 안 믿어 주느냐, 입이 더워서 아이스크림을 먹고 싶다고 했는데 왜 하나밖에 안 주느냐, 더 놀고 싶은데 왜 목욕하라고 하느냐 등 이런저런 이유를 나열하며 울먹였다. 그건 보물이가 잠이 온다는 확실한 증거이다.

"그래? 보물이가 지금은 자고 싶지 않구나! 보물아, 그러면 우리 잠이 달아나게 시원한 아이스크림을 하나 먹고 목욕하는 건 어때?"

"정말? 흐흐흐, 좋아. 해님, 그렇다면 내가 제일 좋아하는 딸기 맛으로 줘!"

새 학기가 시작되면서 보물이네 반은 낮잠 시간이 없어졌다. 물론 아이들은 좋아한다. 요맘때 아이들은 낮잠 자는 것을 싫어하기 때문이다. 그러나 종일 활동해도 괜찮을 정도의 발달은 아직 이루어지지 않았기 때문에 약간씩 휴식이 필요하다. 특히 개인차가 많은 만 4세의 경우는 더욱더 그렇다.

어린이집에 근무할 때의 일이다. 점심시간 후, 놀이 영역에서 각자 선택한 활동을 하고 있었는데 한 아이가 뛰어오더니 보고했다.

"해님, 큰일 났어요. 이리 와 보세요."

"무슨 일?"

나는 눈동자를 굴려 교실 안을 재빨리 휙 둘러보았지만 별다른 징후가 없었다. 그렇지만 혹시나 해서 아이가 잡아끄는 대로 따라갔다.

"아아, 졸고 있구나! 쉿! 우리 조용히 하자."

구석진 곳에서 동화책을 손에 쥔 아이가 몸을 반쯤 꺾고 있었다. 이곳, 언어 영역은 아이들이 쉴 수 있도록 구성해 놓았기 때문에 주변 아이들을 물리고 살그머니 쿠션을 아이 옆으로 대며 구부러진 몸을 눕혔다.

"해님, 나 안 잘 거예요. 나 안 졸려요…."

아이는 큰일이라도 난 듯, 눈을 부릅뜨고 몸을 바로 하며 고개를 절레절레 흔들었다.

"괜찮아. 여기는 조용하고 너 혼자 있으니까 조금 자도 돼."

"안 돼요. 자면 큰일 나요. 우리 엄마가 나, 안 데리고 혼자 간댔어요."

음? 이건 무슨 소리지? 혼자 가다니? 나는 잠꼬대를 하나 싶어 안심시켰다.

그러나 막무가내였다. 아이의 거부 표현이 완강했으므로 필요하면 사용하라며 쿠션을 옆에 두고 저만치 물러났다. 그리고 슬쩍슬쩍 살폈다. 아이는 쿠션을 흉측한 물건이라도 되는 듯 저만치 밀어 던졌다. 그리고 다시 졸기 시작했다. 쏟아지는 잠은 어쩔 수가 없는 것이다. 몸이 구부러져 꺾이면 다시 세우고 또 세우고….

혹시 집안에 무슨 일이 있나 싶어, 오후에 데리러 온 엄마에게 아이가 낮잠을 자지 않고 거부한 일을 들려주었다.

"내가 혼자 간다고요? 글쎄요…. 아! 어제 친정집에 갔다 왔는데 버스에서 얘가 잠들었어요. 그런데 일어나지를 않는 거예요. 짐은 많고 해서 협박을 했더니…."

어른들이 무심코 던지는 한마디가, 또는 우연히 듣게 되는 말이 아이들에게 상처를 주고 불안감을 조성할 수 있다.

"손님, 목욕탕에 오신 것을 환영합니다. 물은 따뜻한가요? 그렇다면 자, 잠수하면서 고개를 들어 주시기 바랍니다."

소매와 바지를 걷어붙이고 보물이 뒤를 따라 물을 채운 욕조 안으로 들어가서는, 천천히 보물이 머리에 물을 부으며 목욕탕 놀이를 시작했다.

"해님, 오늘은 목욕탕 놀이 안 할 거야. 그 대신 나 옛날이야기 해 줘."

"그래? 좋아. 어떤 이야기를 해 줄까? 으음 옳지, 옛날 옛날 아주 깊은 산속에 빨간 도깨비들이 모여 사는 마을이 있었대. 빨간 도깨비들이…."

나는 '행복한교육'에서 나온 '분홍도깨비' 이야기를 시작했다. "도깨비는 빨간색이야. 그래야 무섭지. 넌 하나도 무섭지 않아. 너하고 안 놀아! 빨간 도깨비들은 분홍도깨비를 놀렸습니다. 슬픈 분홍도깨비는 마을을 떠나 사람들이 사는 마을로 가 장난감 가게에 들어가게 되었습니다. 인형과 장난감들은 분홍도깨비를 반겨 주었습니다. 밤이 되자 분홍도깨비 눈에서 불이 번쩍였고 장난감 친구들은 무섭다며 안 논다고 했습니다. 분홍도깨비는 슬펐습니다. 또 떠나야 하기 때문입니다. 그때, 도둑이 나타났습니다."

"해님! 그만. 나 무서워. 그만해!"

갑자기 두 귀를 막으며 보물이가 절박하게 소리를 질렀다.

"응? 무섭다고? 보물아, 이 분홍도깨비는 보물이가 아기 때부터 해님이 업고 들려주었던 이야기야. 그리고 보물이가 제일 좋아했던 이야기인데? 기억 안 나?"

"그래? 내가 아기였을 때? 그래도 지금은 싫어. 잠자면 무서운 꿈을 꾼단 말이야."

"오호라, 그래서 보물이가 낮잠을 안 자려고 한 거구나?"

그렇다. 아이들은 매 순간 변한다. 무심히 들었던 단어가 생생하게 파생되어 이런 저런 이야기와 섞이면서 전율하고, 어제 즐거웠던 가상 이야기가 현실로 느껴져 무서워하고 불안해하기까지 한다.

우리 모두 성장하면서 무서운 꿈을 꾸며 자라지 않았는가. 구름을 타고 날아가다가 천 리 아래 땅으로 뚝 떨어지거나 무서운 동물이나 귀신에게 쫓겨 밤새도록 달리기만 하다가 깨기도 한다. 그럴 때 발은 왜 땅에서 떨어지지 않고 죽어라 달리는데도 왜 계속 그 자리에 있는 건지….

아침에 일어나 땀을 흘리며 꾼 꿈 이야기를 심각하게 말하면 어른들은 "흐흐, 그거 다 너 키 크느라고 그러는 거다." 하고 무심하게 웃어넘겼다.

"보물아, 무서운 꿈을 꾸면 온 힘을 다해 눈을 번쩍 뜨는 거야. 그러면 아침이야. 보물이가 요즈음 무서운 꿈을 꾸는구나? 보물아, 무서운 꿈을 꾸다가 깜짝 놀라서 깨잖아? 그럴 때 보물이 키가 쑥쑥 커지는 거야. 흐흐."

내가 자라면서 들었던 말을 나도 모르게 보물이에게 하고 있었다.

새끼손가락

:

　　　　　　버스 안은 후덥지근했다. 아직 출근 시간이라 사람이 많은 탓도 있지만 아침 햇살이 벌써 따갑게 내리꽂히고 있었다. 냉방기기를 작동하기에도 서먹한 사월이니 달리는 바람으로 답답함을 달랠 수밖에 없을 것 같아 창문을 밀었다.

　보물이를 어린이집에 등원시키고 늘 걸어서 가던 도서관을 오늘은 감기 기운이 있는지 몸이 무겁고 머리가 띵해 버스를 타고 가기로 했다. 달리는 버스 차창으로 미지근한 바람이 들어오더니, 멈추었다. 버스가 정류장에 선 것이다.

　"할머니, 잡으세요! 빨리 잡으세요! 아, 넘어진다니까요."

　거칠게 뱉어내는 기사 아저씨의 된소리에 이어 허둥대는 목소리가 들렸다.

　"에구 에구, 잠깐만 기다려요. 이걸 찍어야지…"

이어 카드 찍히는 소리가 들렸고 기사 아저씨가 다시 독촉했다.

"우선 잡으세요! 아, 출근 시간인데 버스가 빨리 가야 하잖아요."

"어이쿠, 넘어지겠다. 원, 젊은 사람이 성급하긴…. 아나, 할미 손 잡아라."

서 있는 사람들 사이로 앞쪽을 보니 얄팍한 몸피의 할머니가 여자 아이의 손을 찾으며 중심을 잡지 못하고 비틀거리는 게 보였다. 문 앞에는 직장인처럼 보이는 젊은이나 학생도 앉아 있었지만 미동도 하지 않았다.

"할머니! 이리로 오세요."

안쪽 깊숙한 곳에 앉아 있던 내가 벌떡 일어나며 커다랗게 소리 질 렀다. 한 손을 허우적대던 할머니는 '에구, 에구'를 연방 중얼거리며 어 쩔 줄 몰라 했다. 그러나 손잡이를 잡고 서 있는 몇몇 젊은이도, 앉아 있는 학생도 모두 들고 있는 핸드폰에 눈을 고정하고 있을 뿐이었다.

"아, 거기 할머니 좀 붙잡아 드리지 않고, 에잇!"

경로석에 앉아 있던 할아버지가 답답했던지 손에 든 지팡이를 바 닥에 딱딱 두드리며 호령했다. 그제야 두어 명이 돌아보고 길을 내주 었다. 나는 한 손을 의자 귀퉁이를 잡은 채 앞으로 나가 할머니 팔을 당겨 겨우 앉혀 드렸다.

"에휴, 늙으면 꼼짝 말고 집구석에나 있어야 하는데, 애가 아파서 병원에 가야 하니 어쩔 수 없이 나왔다우."

묻지도 않았는데 누구라 할 것 없이 들어 보라는 듯 변명처럼 혼잣

말했다. 내가 눈인사를 하며 살펴보니, 서너 살 되어 보이는 여자아이가 할머니 무릎 위에 앉아서 나를 말갛게 올려다보고 있었다. 아, 저 맑은 눈! 나는 조용히 미소를 보냈다.

언제였던가? 그때도 계절이 이맘때였던 것 같다. 사람이 더러 서 있는 버스에 앉아서 창밖을 무심히 보고 있었는데 문 쪽에서 소리가 들렸다.

"아이고, 사람이 많은가 보구나. 자, 할머니 손을 잡고 올라가. 옳지!"

젊었을 때 힘깨나 썼을 것 같은 할머니가 올라서더니 옆에 있는 쇠기둥을 붙잡고 버스 안을 휙 둘러보았다. 할머니 옆에는 서너 살쯤 되어 보이는 여자아이가 할머니 손을 꼭 잡고 서 있다가 나와 눈이 마주쳤다. 말갛게 바라보던 아이가 배시시 웃음을 띠더니 갑자기 큰소리로 말했다.

"이거 봐라! 나, 빤쯔 입었다?"

목소리도 낭랑하게, 한 손으로 짧은 원피스 자락을 확, 들어 올렸다. 그러자 분홍빛 꽃무늬가 사방으로 흩어져 있는 삼각팬티가 보였다.

"어마낫! 이게 무슨 짓이야! 에구에구 남세스러워라."

할머니가 당황하며 들어 올려진 아이의 치맛자락을 급하게 훑어 내렸다.

"으하하하, 괜찮아요. 애들이 그렇죠, 뭐. 하하하."

"그럼, 그럼. 고놈 아주 똑 부러지게 생겼구나. 하하."

문 옆에 나란히 앉아 있던 두 할아버지의 웃음소리가 버스 안으로 번졌다. 여자아이는 하얀 이를 드러내며 만족한 표정을 짓다가 할머니가 커다랗게 내지르는 질린 목소리에 찔끔했다.

"어머, 팬티가 예쁘구나. 핑크색 꽃무늬를 입어서 더 예쁜 것 같아. 여기 앉아."

내가 아이를 안심시키려고 조그맣게 말하며 가만히 손을 잡아끌었다.

"고놈 허벅지가 통통한 게, 밥을 잘 먹나 보구나! 제법 울룩불룩한데?"

모자를 멋들어지게 쓴 할아버지가 내 손에 이끌려 의자에 앉는 아이를 유심히 보면서 빙그레 웃었다.

"아니, 이 영감탱이가? 지금 아이한테 무슨 짓을 하는 거예욧?"

아이 뒤를 쫓아 옆에 걸터앉으려던 할머니가 흔들리는 몸피를 내게 의존하며 모자 쓴 할아버지를 향해 눈을 부라렸다.

"음…?"

눈이 둥그레진 두 할아버지가 동시에 할머니를 쳐다보았다.

"허벅지가 울룩불룩하다고? 허벅지? 뭐, 울룩불룩? 그게 아이한테 할 소리얏! 경찰에 신고할까 보다. 엉큼한 영감탱이 같으니라고!"

우렁찬 목소리를 뿜어낸 할머니가 호흡까지 소리 나게 부풀리며 할아버지를 냅다 쏘아보았다.

"나 원 참! 아니, 허벅지를 허벅지라고 했는데 뭐가 잘못됐다는 거야?"

모자 쓴 할아버지는 워낙 드세게 나오는 할머니 위력에 어안이 벙벙해진 채 기가 눌린 듯 옆에 앉은 할아버지에게 시선을 돌렸다.

"쉿! 요즈음에는 아이들을 쳐다보면 안 돼. 뉴스 못 봤나? 지나가던 아이 볼 만졌다고 애 엄마가 신고했다잖아. 아무리 손녀딸같이 예쁘고 귀여워도 못 본 척, 못된 짓 하는 아이들을 봐도 안 본 척하고 살아야 해. 그저 눈 딱 감고 갈 길이나 가야 한다네."

옆에 앉은 할아버지가 독백하듯 천천히 말하며 시선을 멀리 허공에 꽂았다.

"아니, 이 사람아. 눈 감고 어떻게 길을 가란 말인가?"

모자 쓴 할아버지는 억울하고 분한 마음을 친구에게라도 풀어야겠다는 듯이 먼 곳을 보고 있는 할아버지를 보며 목소리를 조금 높였다.

"거 왜 있잖아. 눈 딱 감으면 가는 길. 저승길⋯."

갑자기 버스 안이 싸하며 적막해졌다.

"할머니! 그런데, 병원에 가서 나 주사 맞아야 해?"

할머니 무릎 위에 앉아서 깍지 낀 손가락을 까딱거리며 장난하던 아이가 걱정스러운 얼굴을 하고 작은 목소리로 물었다.

"아니, 오늘은 약을 타러 가는 거란다. 그저께 지어 온 약을 다 먹어서."

"정말? 그럼 나 주사 안 맞는 거야? 히히. 할머니가 의사 선생님한 테 주사 안 맞는다고 말해. 자, 나랑 약속해. 이렇게, 새끼손가락 걸고, 꼭꼭 약속해. 헤헤헤."

아이가 할머니 새끼손가락을 끌어다가 자기 새끼손가락에 걸어 고리를 만들더니 세차게 흔들었다.

그래. 사 년 전, 어린이집에서 일할 때, 그때도 우리는 이 노래를 불렀다. 그리고 오늘 아침에도 나는 보물이와 함께 이 노래를 불렀다.

'너하고 나는 친구 되어서 사이좋게 지내자
새끼손가락 고리 걸고 꼭꼭 약속해.'

후덥지근한 바람이 열어 놓은 창문으로 몰려들어 왔다. 어지럽게 흐트러지는 머리카락을 쓸어 올리며 창밖으로 시선을 던졌다. 길가 화단에 진분홍 철쭉이 물감을 쏟아부은 듯 흐드러지게 피어 있었다.

하나만

⋮

      계단에서 폴짝 뛰어내린 보물이가 모퉁이를 돌아 비탈길을 내려가는 노란 버스를 향해 손을 흔들었다. 나는 보물이 어깨에서 가방끈을 벗기며 물었다.

    "오늘은 우리 보물이가 어린이집에서 어땠을까?"

    "으음, 재밌었지…. 아, 맞다! 해님, 우리 오늘 마트에 가기로 약속했지?"

    그랬다. 보물이에게 물건 사는 경험을 해 보게 하고 싶었다. 어린이 전문용어로 '물건 사기 놀이' 또는 '장보기 놀이', 어른이 사용하는 말로는 '쇼핑'이다. 많은 물건 중에서 선택하는 일, 이것저것 예쁜 것이 다양하게 진열된 속에서 자기가 갖고 싶은 것 하나를 고르는 일, 그건 다섯 살 보물이에게 결코 쉬운 일이 아닐 것이다.

    "오우, 그걸 생각했구나!"

"그럼. 아까, 아침에 옷 입을 때 해님이 말했잖아. 나는 다 기억한다고!"

"우리 보물이 대단한데?"

"뭘, 그 정도 가지고. 나는 척척박사거든! 히히히."

집에 들어가 손을 씻은 후 간식을 먹고 길을 나섰다. 빨리 가자는 보물이의 손에 끌리다시피 하며 비탈길을 내려왔다. 신호등에 초록불이 켜지자 한 손을 높이 들고 다른 한 손은 내 손을 꼭 잡으며 약간 조심스러운 걸음으로 보물이가 걸었다. 역시 아이들은 배운 대로 실천한다.

동네에 있는 마트가 그리 멀리 있는 것은 아니지만 잘 걷지 않는 보물이가 피곤할까 봐 택시를 부르려고 했다. 그러나 요즈음 TV에서 방영되는 만화 '타요'를 열심히 보더니 굳이 버스를 타겠다고 보물이가 주장했다.

오후가 되어서인지 버스에 사람이 조금 있었다. 초등학생도 있고 중학생인 듯 보이는 언니도 있었다. 우리는 마침 비어 있는 의자로 갔다. 보물이를 창가에 앉히고 왼팔을 보물이 어깨에 두르고 앉았다. 급정거로 행여 보물이 머리가 의자 모서리나 귀퉁이에 부딪힐까 우려됐기 때문이다. 운동화를 신은 보물이의 두 발이 의자에서 달랑거렸다.

"보물아, 저기 좀 봐! 보물이네 집이야."

"어디? 어, 그러네. 우리 아파트야! 파-라-다-이-스. 이렇게 쓰여 있네."

보물이가 책을 읽듯 한 자 한 자 소리 내어 짚었다.

"우아, 우리 보물이 글자도 읽는구나! 보물아, 그 뒤에 있는 산에는 나뭇잎이 파랗게 자라고 있어. 언제 저렇게 커졌지?"

보물이에게 창밖 풍경과 버스를 오르내리는 사람들의 가방이나 옷, 모자나 신발의 색깔을 서로 맞추면서 숨죽여 웃고는 했다. 이 시기에 언어 훈련은 보이는 것, 경험하는 것, 상상하는 것을 상호작용으로 확장하는 것이 중요하다고 생각하기 때문이다.

마트에 도착하니 저녁 장을 보러 나온 사람들로 입구가 붐볐다.

"보물아, 여기 쇼핑카에 탈까?"

혹시 많이 걸으면 다리가 아플까 봐 우려되어 물었다. 이동할 때 차를 타고 다니는 요즈음 아이들은 걷기에 약하다. 취학 전 아이들은 특히 그렇다.

"보물아, 오늘은 보물이가 마음에 드는 것 꼭 하나만 사기로 약속했는데, 보물이가 기억하고 있을까?"

아동 물품이 오색찬란하게 진열된 곳으로 들어서며 다짐하듯 물었다.

"당연하지. 나는 핑크색 엘사 구두를 살 거야. 헤헤."

보물이는 공주를 좋아한다. 그중에도 영화 〈겨울왕국〉에 나오는 엘사를 좋아한다. 특히 엘사가 한손을 앞으로 쭉 내뻗는 모습을 좋아한다. 영화에서는 엘사가 화를 내거나 힘을 가하며 손을 뻗으면 주변이 얼음으로 변하는 장면이 환상적으로 펼쳐진다. 옥구슬이 부딪히는 것 같은 얼음의 효과음과 나뭇가지에 대롱대롱 매달린 채 투명하게 쏟아지는 얼음꽃이 눈 깜짝할 사이 화면 가득 번져 간다.

그렇다고 보물이가 그 영화를 많이 본 것도 아니다. 두어 번 본 영화의 인상적인 장면이 그림책이나 캐릭터 상품을 통해서 각인된 것은 아닐까?

"보물아, 그러면 우리 여기서 골라 볼까? 와! 구두가 정말 많다!"

쇼핑카에서 내린 보물이는 낯선 곳이 불안한 듯 내 손을 찾아 잡으며 꽃처럼 울긋불긋 펼쳐진 구두에 시선을 꽂았다.

"예쁜 공주님! 어서 오세요. 어떤 구두를 드릴까요? 이 황금색 구두는 어떤가요? 여기 핑크색 뾰족구두도 있고 반짝이는 유리구두도 있는데…"

한가하게 앉아 있던 나이 지긋한 점원이 보물이를 반기며 이것저것 내놓았다. 그리고 보물이에게 신어 보라고 권했다. 보물이는 수줍어하며 점원이 신겨 주는 여러 가지 구두를 말없이 신었다 벗었다 하기를 한참 했다.

"자, 공주님! 어느 것으로 할까요? 요즈음 공주님들이 많이 좋아하는 이 핑크색 엘사 구두로 할까요?

점원이 엘사 캐릭터가 그려진 핑크색 구두를 보물이 발 앞으로 내밀며 독촉했다.

하지만 보물이는 말이 없었다. 고개를 숙인 채 바닥에 늘어놓은 구두에 시선을 두고 있을 뿐이었다. 시간은 자꾸 흘러갔다. 이제 결단을 내려야 할 시간이다.

"보물아, 보물이는 어떤 것이 마음에 들어? 보물이가 신을 거니까 보물이가 결정해야겠지?"

속 시원하게 결정하지 못하는 보물이의 마음을 헤아리며 잔잔하게 말했다.

보물이는 입술을 꼭 다물고 여전히 구두에 시선을 두고 있었다. 선뜻 결정을 못 하겠나 보다. 몸을 조금씩 좌우로 흔들며 그렇게 고심을 하고 있다. 드디어 점원이 가만히 기다리고 있는 나를 쳐다보았다. 마냥 기다리는 내가 답답하다고 생각한 것이리라.

아무래도 보물이 마음을 굳히기 위해 이제는 옆에서 거들어야 할 것 같았다. 그때다.

"으음…. 해님, 나는 이 핑크색 엘사 뾰족구두하고 음, 황금색 구두도 마음에 드는데…. 딱 두 개만 사면 안 될까?"

조심스럽게 말하는 보물이 콧잔등에 송골송골 맺힌 땀방울이 환한 백열등 빛에 반사되어 반짝였다. 구두 두 개가 다, 정말 마음에 드는 모양이다. 그러나 하나만 사겠다고 나에게 약속했으니….

보물이는 심각하게 갈등하고 있었다. 얼마나 갖고 싶으면 저렇게 곤혹스러운 표정을 보일까. 안쓰러운 마음에 이번에만 특별히 허용할까 하는 생각이 들어서 보물이를 불렀다. 아니다. 보물이가 먼저 말했다.

"해님, 그런데 하나만 사야 하니까 나는 이 핑크색 엘사 뾰족구두로 결정할 거야."

망설이던 보물이가 내 귀에 대고 작은 소리로 자기의 결심을 단호하게 속삭였다.

"오, 우리 보물이 대단하다! 약속을 아주 잘 지키네. 정말 훌륭해!"

나는 쪼그리고 앉은 채 보물이 얼굴을 대견스럽게 응시했다. 고개를 내 쪽으로 돌린 보물이가 고뇌를 벗어던지고 활짝 웃으며 폴짝 안겼다.

그래, 애썼다. 힘들었지? 인생은 선택의 연속이란다. 나는 끌어안은 두 팔에 힘을 듬뿍 주었다. 보물이의 땀 냄새가 달착지근하게 코끝을 스쳤다.

신령님

⋮

        "해님, 해님은 신령님을 본 적 있어?"

어린이집에서 돌아온 보물이가 갑자기 물었다. 이건 또 어떤 상황에서 나온 질문일까? 보물이 의중을 헤아리기 위해 보물이가 앉아 있는 쪽으로 걸어가며 시간을 끌었다.

"음? 신령님? 글쎄…. 보물이는 신령님이 왜 궁금해졌을까?"

"으음, 오늘 전통놀이 시간에 전래동화책을 읽어 주었는데 거기에 수염이 하얀 할아버지가 나왔어. 무섭게 생겼는데 마음이 아주 착했어. 그런데 그건 옛날 아주 옛날이야기잖아? 해님은 오래 살았으니까, 봤어?"

아하! 보물이가 신령님이 실제 인물인지 궁금한 거구나?

"보물아, 옛날이야기는 실제 있었던 일도 있고 이야기를 만들어서 전해 내려오는 것도 있어. 해님은 보물이만 했을 때 진짜 신령님을 봤다?"

"진짜? 해님, 무서웠어, 안 무서웠어? 그런데 착하게 생겼어?"

보물이가 두렵고도 신기하다는 듯 달려들었다.

"보물아, 궁금하지? 그럼 내가 신령님 만난 이야기를 해 줄게 잘 들어 봐."

내가 보물이만 했을 때의 추억을 각색해 들려주기 시작했다.

만물이 소생하기 시작한다는 초봄의 어느 날이다. 나는 할머니를 따라 산으로 나물을 뜯으러 갔다. 저만치 가는 할머니를 부지런히 따라가는데 풀숲에 희끄무레하고 매끈한 게 보였다.

"할머니! 여기 신기한 게 있어. 빨리 와 봐."

가쁜 숨을 몰아쉬며 산자락을 올라가던 나는 발걸음을 멈추고 서서, 앞서 가는 할머니를 큰 소리로 불렀다.

"쉿! 조용히 해. 쬐끄만 게 왜 이렇게 목소리가 크니? 할미가 뭐라고 했어? 산에는 산신령님이 계시니까 조용조용, 조심조심하라고 했지?"

앞서 가다가 걸음을 멈춘 할머니가 나를 향해 돌아서더니 도끼눈을 했다.

"피! 할머니는 맨날 신령님이래. 이런 산속에 신령님이 어디 있다고…."

허리에 두른 커다란 앞치마 자락에, 훑어 담은 홑잎을 불룩하게 끌어안은 할머니가 비탈길을 내려오며 나를 나무랐다.

"저런, 저 주둥아리! 너 그렇게 함부로 놀리면 할미한테 경칠 줄 알아랏!"

할머니는 어느새 저렇게 홑잎을 많이 훑었을까? 나는 겨우 한 줌인데…. 하여간, 우리 할머니는 참 용하기도 하지. 나뭇짐도 잔뜩 져 오고 산나물도 한 자루씩 뜯어 오고, 또 만신 집에 가면 일도 빨리빨리 잘해서 맛난 음식도 많이 가져오고….

그런데 이런 산속에 누가 저렇게 예쁜 걸 버렸지? 아마 누가 흘렸나 보다. 어서 가서 집어야지. 할머니가 말릴까 걱정되어 좀 더 가까이 가려고 몸을 돌렸다.

"뭐가 있길래 그렇게 호들갑이냐? 어디 보자."

어느새 내 곁으로 온 할머니가 허리끈을 풀어 담겨 있는 홑잎을 땅바닥에 내려놓으며 말했다.

"할머니, 저거…. 예쁘지? 내가 가져도 할머니 신령님이 용서하시겠지?"

나는 신이 나서 힘차게 발을 내디뎠다. 그리고 동시에 할머니 손에 붙잡혀 거칠게 옆으로 밀쳐졌다.

"아이고, 산신령님! 천방지축 이 어린 게 뭘 알겠습니까? 이 늙은 이를 봐서 제발 용서해 주시고 노여움을 푸십시오. 미천한 저희가 아닙니까?"

하얗게 질려 혼비백산한 얼굴을 한 할머니가 두 손을 연신 마주 비비며 머리를 조아렸다. 나는 심상치 않은 분위기를 직감하고 꼼짝하지 않은 채 가만히 눈길을 보냈다. 뽀얀 회색빛에 붉은 갈색 무늬가 점점이 박혀 있는, 똬리를 틀 듯 둥글게 감겨 있던 허리끈 한쪽 끝이 갑자기 우뚝, 일어섰다.

"으악! 배, 뱀…."

신음처럼 내 입에서 소리가 새어 나오자 할머니가 밀치듯 내 앞을 막아서며 좀 더 큰 소리로, 허리를 굽혀 정성을 다해 빌었다.

"산신령님! 어쩌다 인간들 눈에 띄어서 이 곤욕을 치르시나요? 그저 이 늙은이 정성을 봐서 너그럽게 마음 푸시고 눈에 띄지 않는 곳으로 어서 멀리 가셔요."

순간, 내 몸은 딱딱해졌다. 아무런 감각이 없었다. 온몸이 굳어진다는 게 어떤 것인지 실감했다. 도망가야 한다고 생각했지만 발이 말을 듣지 않았다. 내 몸은 움직이지 못하는 나무처럼 그렇게 오롯이 서 있었다.

세상은 적막했다. 시간이 얼마나 흘렀을까? 아니, 어쩌면 잠깐일지도 모른다. 머리를 꼿꼿하게 세우고 우리 쪽을 노려보는 것 같았던 그 산신령님이 스르르 저쪽 풀숲으로 가버렸다.

"후유, 아이고 가슴 떨려라. 다리가 후들거려 서 있을 수가 없구나! 에구, 에구."

할머니가 땅바닥에 털썩, 쓰러지듯 주저앉았다. 나는 그제야 정신이 들어 할머니 품속으로 달려들었다.

"할머니!"

"오냐, 오냐. 놀랐지? 그것 봐라. 할미가 뭐랬냐? 산에는 산신령님이 계시니까 첫째도 조심, 둘째도 조심, 기어가는 개미도 밟지 않게 조심하라고 했지?"

산바람이 슬쩍 지나갔다. 선득한 기운이 내 등판을 쓸었다. 땀이 났었나 보다.

"할머니, 할머니 신령님은 수염이 하얀 할아버지가 아니고 뱀이야?"

나는 할머니가 만신집에 걸어 놓은 신령님들께 정성을 다해 머리를 조아리며 주문을 외는 것을 자주 봤다. 그 신령님들의 모습은 여러 가지였다. 하얀 옷을 입고 하얀 수염을 기른 할아버지도 있고 크고 무서운 눈을 부라리며 붉은 옷과 푸른 옷을 입은 할아버지들도 있었다.

할머니는 밤마다 장독대에 물 한 대접 올려놓고 신령님을 부르며 정성으로 빌기도 했다. 둥그런 달이 떠오른 밤이면 뒤뜰에 하얗게 빛이 내렸고 물 대접 안에서도 달님이 하얗게 비추고 있었다.

"요런 맹랑한 것. 신령님은 여러 모습이란다. 뱀이었다가 호랑이였다가, 수염이 대여섯 자나 되는 영험하신 할아버지가 되었다가 또 염라대왕이 되기도 한단다."

할머니가 먼 곳으로 시선을 돌렸다. 그러고는 긴 숨을 뱉어냈다.

"할머니, 나는 할머니가 좋아. 그래서 내 신령님은 할머니야."

"뭐? 이 할미가 네 신령님이라고?"

"응. 할머니는 뭐든지 다 알고 뭐든지 다 잘하잖아? 그러니까 신령님이지."

"흐흐흐, 요망한 것. 그래, 너한테는 이 할미밖에 없으니 그리 생각도 들겠구나. 에휴, 네 에미 애비는 어디서 뭘 하길래 이리 소식이 없는지…."

할머니가 버선발을 덮고 있던 치마 끝을 뒤집어 눈가에 대고 꾹꾹 눌렀다.

"할머니, 울지 마. 할머니가 말했잖아. 이제 백 번만 자면 어머니 아버지가 돈 많이 벌어 가지고 올 거라고. 할머니 신령님은 영험하니까 나는 믿어."

나는 할머니가 우는 게 제일 싫었다. 아니, 무서웠다. 할머니가 슬퍼서 나를 버리고 어머니 아버지를 찾으러 떠날까 봐 무서워, 밤에 할머니 손을 꼭 잡고 잠을 잤다.

"암, 그렇고말고. 도량이 넓고 영검하신 우리 신령님이 돌봐 주시니 걱정하지 말아야지. 널랑은 밥 잘 먹고 쑥쑥 커야 한다. 이제 내후년에 학교에 들어가면 공부 열심히 해야 해. 알았지? 자 가자!"

할머니가 씩씩하게 벌떡 일어나 앞치마 풀어 놓은 곳으로 가더니 떨어진 흩잎들을 주섬주섬 모아 담았다. 나는 주춤거리다가 참지 못하고 그예 물었다.

"할머니, 그런데 우리 어머니 아버지는 정말로 죽지 않은 거야?"

작은 목소리로, 산신령님이 들을까 주위를 둘러본 후 조심스럽게 물었다.

"죽긴 왜 죽어? 이 할미가 이렇게 시퍼렇게 살아 있는데. 해괴한 소리 말고 어서 자루 있는 곳으로 가서 흩잎이나 모아 보자. 한 자루가 되려나?"

할머니의 불호령 같은 대답을 들으며 나는 자신 있게 발걸음을 떼었다.

그렇다. 할머니는 영험한 나의 신령님이니까 절대 틀린 말을 할 리 없다. 옆집 순이가 아무리 우리 어머니 아버지가 죽었을지도 모른다고 말해도 나는 믿지 않았다. 순이는 친구이지 신령님이 아니기 때문이다.

그런데 눈물은 왜 나오는 거지? 나는 옷소매로 흘러내리는 눈물을 닦았다.

대장과 부하

⋮

"해님!"

어린이집에서 돌아온 보물이가 가방을 열고 있는 나를 큰 소리로 불렀다.

"왜~?"

가방에서 보물이 도시락 주머니를 꺼내 주방 식탁 위에 놓으며 길게 대답했다. 도시락 주머니 한쪽 끝이 젖어 있었다. 국에 말아 먹었거나 물에 말아 먹은 것 같았다. 젖은 도시락 주머니는 보물이가 어린이집 점심시간에 밥을 빨리 먹으려고 오늘도 노력했다는 증거이다.

"해님, 빨리 오라니까! 어섯!"

이번에는 목소리에 힘이 잔뜩 들어갔다. '음? 이건 어른들이 지시한 것을 잘 따르지 않는 아이에게 된 소리로 나무라는 느낌인데, 뭘까?' 하면서 보물이가 있는 방으로 갔다.

"오잉? 이게 웬일이야?"

방바닥에는 온갖 인형이 가득 널브러져 있고 보물이는 이층 침대 위에서 도도한 모습으로 인형들을 내려다보고 있었다.

"해님, 해님은 내가 부르는데 왜 빨리 안 오는 거야? 거기 있는 토끼토끼랑 벨이랑 보라랑 스노화이트랑 다 나한테 줘. 어섯!"

이럴 때 어떻게 해야 할까? 빠르게 두뇌를 이리저리 가동했다. 다섯 살이면 자기 일은 스스로 하도록 안내해야 한다. 혼자 밥 먹고, 옷을 스스로 입고 벗으며, 가지고 놀던 놀잇감 정리도 스스로 할 수 있도록 지원해야 한다. 그런데 지금 보물이는 이층 침대 위에 있던 인형을 방바닥에 가득 던져 놓고는 주방에 있던 나를 불러 명령하고 있는 것이다.

설득으로 들어갈까? 혹시, 다른 돌봄 선생님의 사례처럼 요맘때 아이들도 내 활동의 대가를 자기 부모가 금전으로 지급하는 것을 아는 것일까?

지난번 교육 시간에 선배 '아이돌보미' 선생님의 활동 사례 발표가 있었다. 초등학교 저학년 아이가 선배 선생님에게 자기가 늘어놓은 것을 이것저것 치워 달라며 불쾌하게 명령조로 시키더라는 것이다. 그래서 선배 선생님이 스스로 하도록 권유했단다. 그랬더니 그 아이가 자기 엄마가 돈을 주고 고용했는데 왜 자기가 시키는 것을 하지 않느냐며 대들어서 너무 속상했다고 했다.

"보물아, 해님은 보물이 가방에서 도시락을 꺼내고 있었어. 그런데 왜 이렇게 인형을 다 던져 놓은 거야?"

우선 시간을 벌면서 보물이의 의중을 알아보기로 했다.

"으음, 여기는 어린이집이야. 우리 반에는 친구가 스무 명 있어. 그리고 해님은 내 부하야. 그러니까 거기 있는 인형들을 나한테 보내 줘. 어섯!"

보물이가 무서운 표정을 지으며 내게 호령했다. 오호! 어린이집에서 대장 놀이를 하고 왔구나. 아니면 친구들이 하는 대장 놀이가 인상 깊어서, 나를 대상으로 재연하려는 것이구나 싶었다.

"맞아. 보물이네 반에는 친구가 스무 명이나 있지. 그래서 인형을 스무 개나 내렸구나? 와우!"

"해님, 어서 그 인형을 나한테 갖다줘. 빨리! 안 가지고 오면 나 화낸다!"

보물이가 다시 된 소리로 나를 독촉했다. 그래, 이참에 안전한 봉제 인형을 이용해 보물이 팔운동을 겸한 조정 능력이나 키워야겠다.

"넷! 알겠습니다. 대장님! 그러면 내가 던질 테니 잘 받으세요. 알았죠?"

나는 방바닥에 앉아서 이층 침대 위에 앉아 있는 보물이가 잘 받을 수 있도록 보물이 가슴께를 조준하며 올려 던졌다. 그리고 받을 때마다 폭풍 같은 격려를 했다.

"우~와! 성공! 대장님, 대단하십니다. 멋진 야구 선수도 되겠습니다!"

"해님, 나는 대장이 아니거든? 대장은 남자가 하는 거야. 나는 요리도 잘하고 힘도 세고, 또 던지기도 잘하는 발레리나스케이트 선수야."

공주가 되겠다던 보물이는 얼마 전부터는 '발레리나스케이트' 선수가 되겠다고 했다. 처음에는 만화 캐릭터에서 본 발레리나를 보고 발레 선수가 되겠다더니, 그 후에 TV에서 '김연아' 언니를 보았다고 했다. 그렇게 발레와 피겨스케이팅을 합친 보물이만의 '발레리나스케이트' 선수가 만들어진 것이다.

보물이가 앉아 있는 이층 침대엔 인형이 가득하다. 어른들이 뽑기 기계로 뽑아 온 인형부터 선물로 받은 인형까지 크기와 모양도 다양하다. 보물이는 캐릭터 인형 말고도 모양과 옷 색깔, 또는 느낌에 따라 이름을 지어 놓고 그 인형들의 이름을 잘도 기억한다. 가령 보라색 옷을 입은 여자아이 인형은 보라, 하얀 피부에 하얀 옷을 입은 인형은 스노화이트, 회색 털을 가진 토끼는 토끼토끼, 분홍색 코알라는 핑크, 포근한 재질인 하얀 생쥐는 하양이, 뭐 이런 식이다.

보물이는 그렇게 이름 붙인 인형 중에서 스노화이트를 가장 좋아한다. 그래서 인형 놀이할 때 보물이는 스노화이트를, 나에게는 보라를 하라고 명령한다.

"해님, 해님은 보라 해. 나는 스노화이트야. 그런데 스노화이트가 지나가는 걸 보고 예뻐서 보라가 사랑에 빠졌어. 그런데 부끄러워서 말을 못 해. 그래서 몰래 따라오는 거야. 그런데 스노화이트가 돌아

보면 얼른 숨는 거야. 알았지?"

이렇게 시작하는 인형 놀이를 보물이가 어린이집에 들어가고부터 정말 거짓말 안 보태고 백 번도 더 했다. 아이와 놀아 본 사람은 알 것이다. 백번이 어떤 것인지.

나는 수줍어하는 보라가 되어 스노화이트 뒤를 따라가며 중얼거린다.

"어머, 쟤는 누구지? 정말 예쁘다. 마음에 들어. 그런데 부끄러워서 나는 말을 못 하겠어. 몰래 따라가야지."

"어? 누가 따라오는 것 같아. 누구지?"

보물이가 스노화이트 잡은 손을 홱 돌려 뒤를 본다. 나와 보라는 얼른 숨는 척한다. 물론 몸은 그대로 있고 고개만 돌리는 흉내를 내는 거다.

"어? 아무도 없네. 어서 가야지. 발레 시간 늦겠다. 라라라."

한번 생각해 보라. 아무리 재미있는 놀이도 똑같은 내용을 반복하면 싫증 나지 않겠는가. 더구나 나는 수줍은 보라가 되어 말도 못 하고 혼자 중얼거리며 보물이 뒤만 계속 따라다녀야 한다. 물론 이 시기에 어린이들은 반복하며 인식한다. 그래도 이건 너무하다. 참다못한 어느 날, 내가 보물이에게 항의했다.

"그런데 보물아, 스노화이트가 맘에 들면 나랑 친구하자고 말하면 되지 왜 맨날 몰래 따라가기만 해? 그럼 친구는 언제 할 거야?"

"해님, 보라는 부끄러워서 말을 못 하는 거야."

아, 보물이는 낯가림이 있어서 친구 사귀는 게 어려운 거다. 좋아하는 친구가 있지만 먼저 다가가지 못하고 있다. 그래서 나를 상대로 그 마음을 풀어내고 있는 것이구나.

"보물아, 친구가 마음에 들면 먼저 말을 하면 돼. 우리 해 볼까? 안녕! 나는 보라야. 너는 누구니?"

"음…, 나는 스노화이트."

"그래? 나는 다섯 살이야. 그런데 너는 무슨 색을 좋아하니?"

"해님! 너무 시시해. 으음, 그런데 보라는 부끄러워서 말을 못 해. 왜냐하면 친구 하자고 말했다가 싫다고 할까 봐 부끄러워서 말을 못 하는 거야."

보물이가 시시하다는 것은 마음에 들지 않거나 재미없다는 뜻이다. 그러니까 보물이는 어린이집에 마음에 드는 친구가 있지만 그 친구가 자기를 싫어할까 불안한 것이다. 친구와의 놀이가 중요한 보물이의 사회생활이 행복하지 않은 것이다. 그렇다면 보물이의 쌓인 마음을 놀이로 환하게 털어내면서 한편으로 용기가 생기도록 적응하는 힘을 길러야겠다. 그건 낯선 환경에서 다양한 체험을 반복하면서 획득되는 것이리라.

"해님, 뭐해? 빨리 스노화이트를 몰래 따라와야지. 어서 따라와. 라라라."

단호하게 지령을 내린 보물이가 스노화이트를 들고 보라를 안고 있는 내 앞을 지나간다. 긴 머리가 출렁이는 목 뒤로 손을 넣어 털어

내듯 머리카락을 흩날리며 노래를 흥얼거린다. 흡사 노래하는 걸그룹의 춤이 연상되는 모습이다. 깜찍하고 앙증맞다. 볼 때마다 웃음이 나오는 걸 애써 참으며 나는 보라 역할을 하곤 했다.

보물이가 인형 이름을 부르는 대로 올려 던지면, 보물이는 다른 이유를 늘어놓으며 다시 내게 던지고, 그렇게 한참 동안 인형을 위로 아래로 서로 던졌다.

"해님, 그런데 부하가 뭔지 알아? 부하는 내가 시키는 대로 다 하는 거야."

"맞아. 나는 보물이 부하야."

"으음. 그런데 해님은 어른인데 왜 내 부하가 되려고 해?"

팔이 아팠는지, 아니면 갑자기 궁금해졌는지, 신나게 던지며 이야기를 만들어 가던 보물이가 숨을 몰아쉬며 정색하고 물었다.

"그거야, 나는 보물이를 많이많이 사랑하니까 그렇지."

"그래? 해님, 뭐 달콤한 것 좀 없을까?"

한참 던지더니 힘이 든 모양이다.

"와, 보물이 대단하다! 야구 선수같이 던지기 진짜 잘하는데? 던지기 잘하는 발레리나스케이트 선수야! 이제 바닥에 있는 것 다 던져 올려놓고 과일 먹을까?"

"해님, 과일 말고…. 음, 더 달콤하고 영양이 많이 들어 있는 아이스크림 어때?"

보물이가 잘하는 말처럼, 입이 더운 모양이다. 그래서 아이스크림 하나와 과일을 먹기로 협상하고 거실로 나왔다.

보물이가 아이스크림을 먹으며 TV를 보는 동안 포도를 씻었다. 수입한 것이긴 하지만 요즈음은 계절과 관계없이 아무 때나 다양한 과일을 먹을 수 있다. 그러나 껍질째 먹는 과일은 농약을 특히 조심해야 한다.

"해님, 뭐 갖고 싶은 것 없어?"

포도를 씻어서 들고 온 나에게 보물이가 물었다. 이건 또 무슨 의도일까?

"갖고 싶은 것? 글쎄⋯."

또 머릿속을 재빠르게 뒤지기 시작했다. 보물이가 나한테 뭘 주고 싶은 모양인데, 보물이가 가지고 있는 놀잇감 중에서 얼른 떠오르는 게 없었다.

"으음, 책?"

"아니, 책 말고 다른 것. 여기 집에서 갖고 싶은 것 말이야."

그렇다면 책은 주기 싫다는 것이고. 아, 앞머리가 자꾸 흘러내려서 굴러다니던 보물이 머리핀을 오늘 꽂았는데 그거나 달라고 할까?

"보물아, 그러면 이 핀 나 줄래? 여기 해님 머리에 꽂은 거."

핀 꽂은 머리를 보물이 앞으로 디밀었다.

"어떤 거? 으음, 좋아. 그거 내가 해님한테 선물하는 거야. 마음에 들어?"

아이들은 자기가 좋아하는 것은 절대 주지 않는다. 내 머리에 꽂힌

핀은 보물이가 좋아하지 않는 검은색 핀이라 미련이 없는 모양이다.

"그럼! 마음에 들지. 보물이가 주는 선물인데. 보물아, 선물 고마워."

보물이가 뭔가 나에게 주고 싶은 마음이 생겼다는 게 고마웠다. 추측하건대, 뭔가 침범할 수 없는 영역의 위치라고 생각했던 어른이 자기 부하가 되어 이것저것 시키는 대로 신나게 응대해 준 것이 기꺼운 것은 아니었을까?

"히히, 해님! 나는 정말 해님이 좋아. 해님은 나의 영원한 어른 친구야. 하하하."

보물이가 나를 끌어안으며 고마운 마음을 활짝 드러냈다.

그래. 보물아, 힘들고 무거운 마음은 그날그날 놀이하며 풀어내자. 그래야 건강하고 씩씩한 보물이가 돼요. 나는 보물이를 힘껏 당겨 안아 주었다.

오잉,
무슨 소리?

:

"삐삐삐 삑."

"음? 아, 엄마다!"

소파에 앉아서 동물 그림책을 보고 있던 보물이가 튕기듯 일어서며 현관을 향해 통통통 뛰었다. 펼쳐 놓았던 책들을 주섬주섬 챙기며 문 쪽으로 시선을 돌렸다.

"아빠가 왔네. 엄마는?"

보물이가 거실 끝에 선 채 고개를 기웃거렸다.

"예쁜 우리 딸! 엄마도 오셨지. 자, 아빠한테 인사해야지? 안녕히 다녀오셨어요?"

또박또박, 못을 박듯 정확하게 발음하며 허리를 굽혀 인사하는, 웃음 가득한 보물이 아빠의 얼굴이 보였다. 보물이가 두 손을 앞으로 모으며 아빠 흉내를 냈다.

"아빠, 안녕히 다녀오셨어요? 그런데 엄마, 내 선물은?"

뒤이어 들어서는 엄마가 손가방과 보조가방을 거실 끝에 내려놓자마자 보물이가 쪼그리고 앉아 뒤지기 시작했다. 나는 웃음으로 두 사람을 맞이하며 한쪽 벽면에 있는 책꽂이에 들고 있던 책들을 가지런하게 세웠다.

"헤헤헤, 이거 오늘 내 선물이야? 내가 좋아하는 젤리잖아! 그런데 많이 먹으면 치과에 가야 하니까 딱 두 개만 먹을게."

신나서 젤리 봉지를 급하게 뜯는 보물이를 흘깃 보며 퇴근 준비를 하러 방으로 들어갔다.

퇴근 준비라고는 하나 이렇다 할 게 따로 있는 것은 아니다. 걸어 두었던 재킷을 입고 있던 옷에 걸치고 수첩과 핸드폰을 챙기면 끝이다. 수첩에는 보물이 건강 상태나 음식 먹은 시간 등을 표기하고 특이한 활동 내용이나 전달 사항을 메모해 놓은 것이 고작이다. 이를테면 활동일지다.

재킷을 들고 나와 주방 탁자 위에 있는 수첩을 가방에 넣었다.

"예쁜 우리 딸! 사랑해! 그런데 해님이랑 뭐 하고 있었어? 비디오 보고 있었어요?"

겉옷을 작은방에다 벗어 놓고 나온 보물이 아빠가 소파에 앉으며 TV 화면을 보고 서 있는 보물이를 한 손으로 끌어안았다.

"음, 아빠. 저것 봐! 개구리가 배가 고픈가 봐. 내 젤리를 달라고 말하네. 아까는 엄마가 보고 싶다고 말했는데…"

보물이가 손에 든 젤리를 얼른 가슴께로 끌어당기며 말했다. 조금 전, 엄마 언제 오느냐고 묻던 보물이 말을 상기하며 나는 회심의 미소를 지었다. 그리고 핸드폰을 집어 들고 현관으로 향했다.

"보물아, 개구리는 말을 할 수 없어요. 왜냐하면 개구리는 동물이거든."

조곤조곤 설명하는 보물이 아빠 목소리가 진지하게 들려왔다.

오잉! 이게 무슨 소리? 가슴이 철렁 내려앉는 느낌을 애써 감추며 표 안 나게 슬쩍 눈길을 돌려 보았다. TV 화면에는 비가 내리는 연잎 위에서 초록색 개구리가 눈알을 뛰룩이며, 목을 부풀려 커다란 소리를 내고 있었다. 싸한 정적이 흘렀다.

보물이를 쳐다보았다. 화면이 정지된 것처럼 꼼짝 않고 서 있던 보물이가 홱 돌아서며 양손에 들고 있던 젤리를 입에 털어 넣고 우적우적 씹었다.

현관문 앞에서 비밀번호를 야무지게 누른 보물이가 나를 앞질러 집 안으로 뛰어 들어갔다. 거실에는 오후의 환한 햇살이 가득 모여서 우리를 기다리고 있었다. 가방을 던져놓고는 환기하려고 베란다 창문을 열었다. 앞산 머리 위에서 한풀 꺾인 저녁 해가 내려다보고 있었다.

탁자 위에 던져진 보물이 가방을 열어 빈 도시락 주머니와 칫솔과 치약, 컵이 들어 있는 '치카통'을 꺼내며 내가 물었다.

"보물아! 오늘 어린이집에서 준 간식 다 먹었어, 남겼어?"

"으음, 하나만 먹었어. 나는 감자는 별로야."

보물이가 양말을 벗으며 얼굴을 찡그렸다.

"그래? 그러면 달걀 프라이를 해 줄까? 식빵에 딸기잼을 듬뿍 발라 줄까?"

먹는 것을 그다지 즐기지 않기 때문에 보물이가 좋아하는 딸기를 미끼로 요기를 시켜보려고 꾀었다.

"으음, 두 개 다 별로인데. 아! 그러면 요플레랑 산딸기를 섞어 먹으면 어떨까?"

"오! 좋은 생각이야. 그러면 보물이가 좋아하는 딸기요플레가 되잖아? 와우! 우리 보물이가 그런 생각을 다 하다니, 훌륭한 요리사도 되겠는걸!"

한껏 흥을 돋우어 보물이의 식욕을 자극했다.

"해님, 그러면 해님이 요리하는 동안 나는 TV를 보면 안 될까?"

"좋아!"

나는 TV를 켰다. 마침 어린이 프로그램인 '딩동댕 유치원'의 시그널 음악이 흘러나오면서 캐릭터 인형이 날개를 펄럭이며 화면 가득 날아다녔다. 무심코 내 입에서 한마디가 흘러나왔다.

"아! 나도 날고 싶다. 날아서 하늘나라에 있는 우리 엄마 만나고 싶다!"

"해님! 사람은 날개가 없잖아. 나도 그런 건 알고 있거든?"

새로운 지식을 배운 아이처럼 단호하게, 그러면서도 조금은 목에 차오른 소리로 힘주어 다부지게 말했다.

오잉! 이게 무슨 소리? 며칠 전만 해도 '해님, 걱정하지 마. 내가 구름 타고 날아가서 하늘나라에 있는 해님 엄마 만날게. 그래서 내 것과 똑같은 핑크 뾰족구두 사 주라고 할게. 알았지?'라고 말하던 아이였는데…. 다시 가슴이 싸해졌다.

조용히 보물이에게 다가가 얼굴을 마주하고 두 손을 가만히 그러쥐었다. 그러고는 다정하고 진지하게 안내했다.

"보물아! 생각나라에서는 무엇이든지 할 수 있고 무엇이든지 될 수 있어요. 날개를 달고 하늘을 날 수도 있고 보물이가 원하는 예쁜 공주도 될 수 있단다."

"정말? 그러면 나는 발레리나스케이트 공주가 될 수 있는 거야?

보물이 두 눈에 힘이 모이며 검은 눈동자가 반짝 빛났다.

그렇다. 누가 감히 어린이에게서 상상력을 거두어 갈 수 있단 말인가? 나는 보물이의 영롱한 얼굴을 지그시 바라보았다. 분홍빛을 물들이며 번지던 저녁노을이 보물이 머리 위를 서광처럼 비추고 있었다.

모으기
나누기

:

벽시계를 보았다. 벌써 8시 35분이다. 8시 55분에 오는 버스를 타려면 서둘러야 한다. 가방에 도시락 주머니와 양치 컵을 넣고 지퍼를 닫으려다가 물었다.

"보물아, 이 젤리 어린이집에 가서 친구들이랑 나누어 먹을까?"

탁자 위에 있는 커다란 젤리 봉지를 들어 보였다.

"어떤 거? 안 돼! 그건 엄마가 사 온 내 선물이야!"

요플레를 떠먹으며 TV를 보던 보물이가 얼굴을 찌푸렸다.

요맘때 아이들이 대부분 그렇겠지만, 다섯 살 보물이는 매일 엄마가 귀갓길에 들고 오는 선물을 기다린다. 어쩌다 빈손일 경우, 실망이 이만저만 아니다.

"엄마! 엄마는 보물이 안 사랑해? 힝, 나는 엄마를 많이 기다렸다고!"

보물이 눈에 눈물이 가득 고이며 금세 슬픈 얼굴이 된다.

"보물아, 미안! 오늘은 엄마가 회사 일이 너무 바빠서 보물이 선물을 깜빡했네. 내일은 꼭 사 올게. 울지 마."

"히잉, 어른들은 왜 맨날 깜빡깜빡하는 거야?"

보물이가 원망 가득한 목소리로 울먹울먹 토라지고, 보물이 엄마는 삐쳐서 돌아서는 보물이를 끌어안으며 용서를 구한다. 이런 모습은 여러 차례 반복되는 일상이다.

사실 일하는 부모가 매일 선물을 준비하는 것은 호락호락한 일이 아니다. 아이들은 항상 새로운 것을 원하고 어른들은 유익하고 몸에 좋은 것을 주려고 한다. 게다가 매일 지출해야 하는 비용도 만만치 않다. 그러다 보니 소액으로 살 수 있는 자잘한 놀잇감이나 먹을 것으로 한계를 정할 수밖에 없게 된다.

"그렇지만 보물아, 이건 아주 많아서 요만큼 가지고 가도 이렇게 많이 남는데?"

커다란 젤리 봉지를 반으로 대충 꺾어 한쪽으로 몰려 있는 젤리의 양을 보였다.

"싫어! 그건 내가 제일 좋아하는 젤리야. 나는 딸기 맛이랑 블루베리 맛이랑 다 좋단 말이야. 그런데 친구들 주면 나는 없잖아. 히잉!"

보물이가 금세라도 울 듯한 얼굴을 하며 들고 있던 요플레를 내려놓았다.

"보물아! 맛있는 건 친구들이랑 나눠 먹어야 기분이 더 좋아진단다. 그리고 다 먹으면 해님이 또 사 주면 되지."

"그래도 나는 싫어! 엄마가 얼마나 얼마나 힘들게 사 온 건지 알아? 그건 마트에 딱 하나밖에 없는 거라고. 해님은 왜 어린이 말을 안 믿어?"

형제가 없는 보물이는 무엇이든지 혼자 가지려고 한다. 엄마가 매일 사 오는 것 중에서 단것은 봉지를 뜯어 한두 개만 먹게 하고 나머지는 다음에 먹도록 권한다. 다행스러운 것은 보물이가 절제력이 있어서 약속을 잘 지킨다는 점이다. 그러다 보니 나누기도 어쭙잖은 조그만 봉지들이 바구니에 그득하다.

"해님! 으음, 그러면 이것을 가지고 가면 어떨까?"

무슨 생각이 떠올랐는지 보물이가 벌떡 일어나 탁자 밑에 있는 과자 바구니에서 울긋불긋한 커다란 봉지 하나를 꺼내 들었다. 지난

주말에 엄마가 큰맘 먹고 사 온 막대사탕이었다. 그래, 네가 좋아하는 것은 나누기 싫다는 거지? 나는 웃으며 보물이가 건네는 사탕 봉지를 가방에 넣었다.

　오월이라고는 하지만 한낮의 햇볕은 벌써 따가웠다. 버스에서 내린 보물이 손을 앞뒤로 흔들며 오르막길을 향해 발을 내디뎠다. 어느새 방향을 돌린 어린이집 노란 버스가 요란한 소리를 내며 우리 옆을 스치고 지나갔다.

　"해님! 오늘 친구들이 나한테 고맙다고 말했어. 히히히. 아침에 가지고 간 사탕을 내가 나눠 줬거든. 으음, 오소영도 주고 곽시후도 주고…. 내가 우리 반 친구들한테 다 나누어 주었어. 헤헤."

　"그래? 와! 보물이 기분이 최고로 좋았겠다."

　신이 나서 얼굴을 들어 하얀 이를 드러내다가 눈이 부신지 살짝 찡그렸다.

　"어머나! 이게 누구야? 보물이로구나. 언제 이렇게 이쁘게 컸을까? 이쁜 보물이한테 뭘 줄까?"

　옆 동에 사는 진우 할머니가 보물이를 보더니 들고 있던 손가방에서 부스럭거리며 뭔가를 꺼냈다. 아마 사탕 종류일 것이다.

　"아이들은 매일 자라지요? 흐흐. 진우 마중 가시나 봐요? 보물아, 고맙습니다 하고 두 손으로 받아야지?"

　시선은 진우 할머니 손에 둔 채 망설이고 있는 보물이 두 손을 포

개어 앞으로 내밀게 하며 말했다.

"고맙습니다…."

보물이가 수줍어하는 몸짓으로 조그맣게 말했다.

"그래. 아이, 이쁘기도 해라. 아이들은 왜 이렇게 빨리 자라지? 어머! 저기 진우네 버스가 오네. 보물아, 잘 가!"

진우 할머니가 발걸음을 서둘러 황급하게 내려갔다. 휭하니 내려가는 진우 할머니 모습을 눈으로 좇던 보물이가 손바닥에 올라 있는 젤리를 보며 말했다.

"어? 이거 엄마가 사 온 거랑 똑같네. 이거는 딸기 맛, 이건 블루베리 맛이야."

"그러네. 진우 할머니는 보물이가 그 젤리 좋아하는 걸 어떻게 알았을까?"

어느 집이나 아이들이 있는 집에는 단것이 있나 보다. 특히 진우 할머니는 조그만 손가방에 사탕을 종류별로 넣고 다니며 보물이뿐만 아니라 오가며 만나는 아이들에게 무시로 나누어 주고는 했다.

"아, 좋은 수가 있다. 해님! 이 젤리, 내가 좋아하는 오소영 줄까? 어때?"

보물이가 어린이집에서 친구들한테 '고맙다'라는 인사를 받은 것이 기꺼웠나 보다. 자기가 좋아하는 젤리를 친구에게 주고 싶다고 말을 하는 것을 보니. 그렇다면 이 중요한 순간을 놓쳐서는 안 된다.

"오우, 좋은 생각이야. 그런데 보물아, 소영이만 주면 곽시후랑 또 다른 친구들이 슬퍼하지 않을까?"

"그러면 어떡해. 나는 두 개밖에 없는데. 친구들 주려면 많이많이, 20개나 있어야 되잖아…."

"그러게 이럴 때는 어떻게 하면 좋을까?"

나는 고민하는 표정을 지으며 보물이가 생각나지 않을 때 하던 것처럼 검지를 한 쪽 눈 끝에 대었다. 그리고 간절하게 보물이를 응시했다.

"아, 맞다! 해님, 엄마가 사 온 젤리를 가지고 가면 되지. 하하하!"

해맑은 웃음소리를 언덕 위로 시원하게 날리며 보물이가 집을 향해 내달렸다.

"얏호! 우리 보물이 대단한데? 그런 생각을 다 하다니! 이보물 훌륭해!"

나도 커다란 소리로 보물이게 격려의 환호성을 날렸다. 역시 통했어. 흐흐.

아이들은 우리의 미래다. 우리의 미래인 아이들은 경험을 반복하며 더 잘 배우고 익힌다. 그렇다면 반복이 습관이 되고 습관은 성품이 되지 않겠는가.

오늘도 나는 꿈꾼다. 우리의 미래들이 나누며 함께 사는 세상을.

그날 여행

:

　　여행이라는 단어를 국어사전에서 찾아보
면 '일이나 유람을 목적으로 다른 고장이나 외국에 가는 일'이라고
표기되어 있다. 그러니까 내가 사는 고장을 떠나 돌아다니며 구경을
하면 '여행'이 되는 것이다.

　"해님, 베트남에도 태풍이 온대?"

　소파에 앉아 구운 달걀 껍데기를 벗기던 보물이가 물었다. 느닷없
이 왜 이런 질문을 할까 싶어 얼른 보물이 쪽을 돌아보았다. 보물이
의 시선이 머문 곳엔 붕괴된 집과 흙탕물이 뒤엉켜 떠밀려 가는 장면
이 요란한 소리를 내며 TV 화면 가득 출렁이고 있었다. 태풍이 올라
온다는 일기예보가 있더니 대비하라는 취지에서 자료 화면을 보여
주는 것이리라.

　"아니. 보물아, 걱정하지 마. 보물이가 가는 베트남에는 태풍이 안

올 거야."

"그래? 그럼 해님! 내가 베트남에 갔을 때 태풍이 오면 해님은 비행기를 타고 빨리 베트남으로 와. 알았지?"

보물이네는 작년에 이어 올해도 베트남으로 이른 휴가를 다녀올 예정이다. 보물이가 어린 이유도 있지만 엄마 아빠가 수영을 좋아해서 바닷가에 있는 시설 좋은 호텔에 머물며 물놀이와 휴식을 취하는 휴가를 보내고는 했다.

"하하, 고마워. 보물이가 해님 걱정해 주네. 그런데 해님은 기차를 더 좋아해."

"그래? 왜? 비행기가 무서워? 해님! 비행기 타고 가다가 귀가 이상할 때는 이렇게 코를 두 손가락으로 꼭 잡고 숨을 '푸' 하면 괜찮아."

보물이가 풍선을 입으로 불 때처럼 바람을 가득 넣은 볼을 부풀리면서 실연해 보였다. 그 모습이 알을 품은 어미 닭처럼 진지했다.

"보물아, 해님은 기차를 타고 멀리멀리 가고 싶어. 사람들을 만나고, 창밖으로 보이는 꽃이나 산도 구경하고, 또 하늘을 쳐다보면서 하늘나라에 있는 엄마랑 얘기도 하고 그러는 게 재미있어."

"정말? 그럼 나도 태워 줘. 나도 기차 타고 멀리 가고 싶어. 힝, 해님은 나 안 데리고 혼자 갈 거야? 그러면 나 화낼 거야. 히잉!"

보물이가 잔뜩 슬픈 얼굴을 하더니 금세 눈물을 보였다. 왠지 짠해졌다. 다섯 살이면 마음대로 놀고 이것저것 구경하며 신기한 세상을 호기심으로 묻고 경험해야 하는데 부모가 일을 해서 어린이집에 다니고 있다. 물론 단체생활에서 규칙과 사회성을 배우고 체험하지만, 개인을 억제하고 포기하기도 해야 한다.

"보물아, 그럼 우리 기차는 다음에 타기로 하고, 전철 타고 여행할까?"

"우~아! 신난다. 해님, 해님은 역시 나의 특별한 어른 친구야. 헤헤헤."

대환영하는 보물이 엄마의 지원을 받으며 다음날 함께 역전으로 향했다. 6월 하순으로 접어든 날씨는 지구온난화 때문인지 출근 시간이 지났을 뿐인데 벌써 화끈했다. 행여 보물이가 더위로 지칠까 싶어 먼 거리는 아니지만 택시를 이용했다.

생긴 지 5년 정도 된 전철역 주변에는 나무들이 그늘을 조그맣게 만들고 있었다. 그래도 언덕에 있던 나무들을 더러 그대로 두기도 했나 보다. 둔덕에서 은은한 향기를 애잔하게 뿜어내던 찔레꽃은 벌써 다 떨어졌고, 싸리나무가 수줍은 각시 같은 얼굴을 보송보송 드러내며 꽃을 피우고 있었다.

"보물아, 이것 봐! 이게 뭘까?"

"어디? 아, 그건 산딸기잖아?

"딩동댕! 어떻게 알았지? 우리 보물이 대단한데?

"해님, 엄마가 사 와서 먹어 봤잖아! 그런데 딸기가 나무에서 열리는 거야?"

"물론이지. 보물아, 잎사귀와 줄기에는 이렇게 가시가 있단다. 우리 먹어 볼까?"

봄이면 어린이집에서 연례행사처럼 다녀오는 딸기밭 농장에 보물이도 지난달에 다녀왔다. 지금도 그 장면을 생생하게 떠올릴 수 있다. 비닐하우스로 조성된 딸기밭에서 내가 어릴 때 먹던 능금 알만한 딸기를 손에 들고 억지 미소를 지으며 울듯 말듯 찡그린 보물이의 표정 말이다. 볕이 내리쬐는 비닐하우스 안 온도가 높아 더운 탓도 있겠지만, 체험학습을 기록으로 남겨 부모에게 보여 주어야 하는 교사의 열정도 한몫했을 것이다.

"우아, 맛있다! 해님, 빨간색이 탱글탱글해! 우리 다 따 가지고 가자"

"그렇게 맛있어? 보물아, 보물이가 다섯 살이니까 우리 다섯 개만 따자. 그런데 음, 보물이가 하나 먹었으니까 이제 몇 개 더 따야 할까?"

틈틈이 수학 놀이를 해 보려고 보물이에게 문제를 내 보았다. 보물이 한쪽 손가락을 좍 폈다가 엄지손가락을 접어 주었다.

"음? 하나, 둘, 셋, 넷. 당연히 네 개 남았지!"

보물이가 펴져 있는 손가락을 자신 있게 세더니 힘차게 대답했다.

"딩동댕! 와우, 역시 우리 보물이는 똑똑박사야. 맞았습니다. 박수! 그럼 네 개만 더 따고 남겨 놓자. 그래야 다른 친구들이 와서 우리처럼 따 먹고, 또 새들도 배고플 때 와서 먹지. 흐흐."

미련이 남아 머뭇거리는 보물이를 데리고 역사 안으로 들어가 개

찰했다. 한산한 정류장엔 스크린도어가 장막처럼 닫혀 있었다. 보물이를 레일이 보이는 곳으로 안내했다.

"보물아, 여기 쇠로 만든 길이 두 개 있네."

"해님, 나도 알아. 이게 기찻길이지? TV에서 봤거든. 그런데 와, 정말 길다! 어디까지 갈 수 있을까? 대한민국 끝까지?"

보물이가 입을 크게 벌리고 레일이 가물대는 곳에 시선을 두고 있을 때 전철이 큰 소리를 내며 들어 왔다. 화들짝 놀라 내 손을 찾은 보물이가 뒤로 물러선 채, 달리던 속도를 제어하며 정차하려는 전철을 뚫어지게 바라보았다.

전철이 증기 뿜어내는 소리를 길게 토해내며 멈추었다. 뜨거운 열기가 폭풍처럼 달려들었다. 경직된 보물이를 데리고 조심조심 전철 안으로 들어섰다. 사람이 별로 없는 객차 안은 서늘했다. 우리는 시원한 기류에 몸을 맡긴 채 긴 의자에 나란히 앉았다. 눈길을 돌려 맞은편 의자에 사람이 없는 것을 확인한 보물이가 긴장을 늦추며 내 귀에 속삭였다.

"해님, 우리 기차에 탄 거야?"

"이건 전철이야. 그런데 기차도 이것과 비슷해. 똑같이 철길 위로 가거든."

"그래? 그런데 왜 안 가? 아까는 되게 빨리 갔는데!"

보물이 말이 끝나기도 전에 뒤에 오는 KTX를 먼저 보낸 후 출발하겠으니 안전한 객차 안에서 잠시 기다려 달라는 안내 방송이 나왔다.

"보물아, 급하게 가야 하는 기차를 먼저 보내고 나서 우리 기차가 출발한다고 아저씨가 말하네. 어머! 여기 창밖을 봐. 아까 우리가 딸기 따 먹던 곳이야."

"어디? 정말 그러네. 해님, 저기 하얀 꽃이 많이 피었어."

"으음, 그건 망초야. 시골에서는 잡초라고 다 뽑아 버려. 그런데 집들은 없구나…. 보물아, 해님이 보물이만 했을 때 해님은 기차를 타고 가다가 막 울었어."

"왜? 빨리 가서 무서웠어?"

"아니, 우리 집이 쓰러질까 봐 무서워서 울었단다."

그랬다. 그때가 네 살이었을 것이다. '복학(배에 멍울이 생기는 학질)'에 걸려 병원을 가야 했는데 돈암동에서 마포에 있는 이름난 한의원을 가려면 새벽부터 서둘러야 했다. 엄마 등에 업혀 난생처음으로 전차를 탔는데 출근 시간인지 사람이 많았다. 비좁고 답답한 전차 안에서 고개를 우쭐거려 우연히 창밖을 보았는데 집이며 전봇대며 보이는 모든 것이 한쪽으로 쓰러지고 있었다. 그렇다면 우리 집도 쓰러지겠구나! 덜컥, 겁이 난 나는 눈을 꼭 감고 소리를 질렀다.

"집 쓰러져! 집 쓰러져! 우리 집 쓰러져!"

주변이 웅성대는 중에 "어머! 아이가 전차를 처음 탔나 보네요. 호호호." 하는 소리가 들려 왔다. 나는 눈을 부릅뜨고 엄마를 보았다. 엄마는 얼굴을 붉힌 채 부끄러워 어쩔 줄 몰라 하며 "괜찮다, 괜찮

아. 우리 집 안 쓰러져!" 하며 나를 토닥여 주었다. 창밖을 보았다. 정말 감쪽같이 집이랑 전봇대가 모두 그대로 서 있었다. 내가 잘못 보았나 하며 눈을 비볐다. 그때 전차가 다시 움직였다. 그러나 웬걸, 세상은 다시 쓰러지고 있었다.

"해님, 괜찮아. 우리 집은 쇠로 지어서 태풍이 불어도 안 쓰러진대. 아빠가 말해 줬어. 어? 지금 기차가 가네."

움직이는 전철을 따라 창밖 풍경이 화면처럼 서서히 지나가기 시작했다.

그렇구나! 깃발처럼 꽂혀 있던 그 많은 전봇대는 없어지고, 허술하던 집들은 철근을 박아 지은 아파트와 빌딩으로 바뀌었구나….

"해님! 저기 하늘 좀 봐. 하얀 구름이 솜사탕 같아!"

"정말! 뭉게구름이구나. 어떤 맛일까?"

"당연히 달콤한 맛이지. 냠냠냠. 아, 달콤해! 자, 해님도 먹어 봐!"

보물이가 손을 위로 뻗어 구름을 따서 먹는 시늉을 했다. 그러더니 한 움큼 따서 내게도 건넸다.

"어때, 내 말이 맞지? 헤헤!"

보물이가 건네주는 구름, 아니 파란 하늘을 받아 마시며 나지막하게 불러 보았다.

"엄마~."

보물이와 함께 손뼉을 치며

축하 노래를 힘차게 불렀다.

아기였던 보물이가 언제 이렇게 커서

엄마 아빠에게 파티를 다 해 주느냐며

눈물을 글썽이는 보물이 엄마와

시선을 어디에도 두지 못하고 쑥스러워하는

보물이 아빠를 보며 보물이와 나는 눈을 찡긋했다.

그리고 내가 엄지손가락을 높이 세워

보물이를 향해 '엄지척'을 했다.

"엄마 아빠! 이제 촛불 꺼야지."

2

쑥쑥 크는
여섯 살

핑크수건
멍멍이

:

　　　　　　　　　"해님! 내 핑크수건 멍멍이는…?"

　등원 차량 시간에 늦을까 서둘러 가방을 집어 들고 나서는데 앞에 있던 보물이가 멈춰 서며 물었다.

　"핑크수건 멍멍이?"

　고개를 돌려 눈동자를 재빠르게 움직여 거실 한 바퀴를 훑었다. 얼른 눈에 띄지 않았다. 다시 침착하게, 몸을 돌리고 보물이가 앉았던 소파와 탁자 주변에 시선을 맞추고 꼼꼼히 살폈다. 없었다.

　"없는데? 보물아, 아침에 침대에서 안 가지고 나온 것은 아닐까?"

　들었던 가방을 현관 입구에 내려놓고 소파 쪽으로 달려가며 말했다.

　"아니거든? 내가 아까 가지고 있었잖아. 해님은 또 깜빡한 거야?"

　그러고 보니 조금 전 아침 식사로 달걀 프라이와 귤을 보물이에게 먹일 때, 양손에 만지작거리고 있었던 게 생각났다.

"참, 그렇구나. 그럼 어디 갔을까? 혹시 보물이가 어디에 숨긴 것은 아닐까?"

가끔 보물이는 계속 갖고 있다가도 어디에 두었는지 몰라 찾아 달라고 하기도 하고, 누가 가져가면 어떻게 하냐고 일부러 숨겨 놓고 못 찾기도 했다.

나는 소파 위에 있는 기다란 쿠션을 들어 보고 소파 밑의 컴컴한 공간도 살폈다. 없다. 도대체 오늘은 또 어느 구석에 묻혀 있는 것일까? 그리고 이 바쁜 시간에 그걸 찾는 보물이가 답답했다. 그렇다고 나무랄 수도 없었다. 시간은 자꾸 가는데….

"아! 생각났다. 해님, 내가 가방에 넣은 걸 깜빡했네. 히히히."

보물이가 몸을 구부려 현관 앞에 던져져 있는 가방을 당기며 미안했던지 실실거렸다.

"하여간 생각났으니 다행이다. 우선 엘리베이터를 타고 확인하자. 버스 오겠다."

현관문을 밀치고 뛰어나가 엘리베이터 단추를 눌렀다. 다행히 엘리베이터가 바로 아래층에 있었다. 동력 소리가 조금 나더니 엘리베이터 문이 열렸다.

"어서 타자. 보물아, 지하 좀 눌러 줄래?"

이 아파트 단지는 산비탈에 층층이 조성되어 있어 지하층으로 내려가면 비탈 하나를 덜 걸을 수 있기 때문에 보물이와 나는 지하주차장 통로를 이용한다.

"해님, 어제는 핑크수건 멍멍이가 도서관에 가고 싶다고 했잖아? 그래서 내가 해님 가방에 넣었잖아. 맞다! 그런데 해님이 토끼 나오는 동화책 읽어 줬어?"

"그럼 당연히 읽어 줬지. 해님이 사랑하는 보물이가 부탁했으니까."

"으음, 그런데 오늘은 어린이집에 가고 싶대. 왜냐하면 내 친구 오소영이랑 또 다른 친구들을 만나고 싶대. 그래서 데려가려고 가방에 넣었어. 히히."

어느새 꺼냈는지 핑크색 실로 가장자리를 감침질한 거즈 손수건 가운데를 볼록하게 집어 볼에 비비며 보물이가 말했다.

오늘도 보물이는 너덜너덜해진 낡은 거즈 손수건을 어린이집에 가지고 갈 모양이다.

내가 생후 6개월 된 보물이를 만났을 땐 이미 다른 돌봄 선생님이 보물이를 4개월간 양육한 후였는데 우유를 먹이면 자주 게우곤 했다. 1회 수유 양이 많지도 않았지만 자꾸 게워서 늘 턱 밑에 거즈 수건을 대고 수유를 했다. 그렇다 보니 보물이 얼굴 주변에 거즈 수건이 항상 있었고, 손놀림이 점차 자유로워지면서 거즈 수건을 가지고 놀기 시작했다. 손바닥에 살살 문지르며 간지러운 촉감을 느끼거나 입술이나 볼에 살짝 대고 무명 실오라기의 미세한 솜털의 부드러움을 즐기기도 했다.

"보물아, 핑크수건 멍멍이하고는 언제 놀아?"

오늘따라 엘리베이터 하강 층수가 느릿하게 표시되는 숫자판을 보며 물었다.

"으음, 가방에 두었다가 낮잠 자는 시간에 꺼내서 놀아. 선생님이 잠이 안 오면 다른 친구들 깨지 않게 조용히 가지고 놀라고 했어."

암, 그래야. 여섯 살이 되었으니 친구들과 놀며 즐겁게 사회성을 발달시키는 것이 보편적이다. 특히, 영유아기에 부모 또는 양육자와 애착 관계가 잘 형성되어야 사회성도 바람직하게 발달한다. 그런데 때로는 대체물이 애착 관계에서 중간 역할을 하는 경우가 종종 있다.

내가 어린이집에 근무할 때, 누렇게 바래고 가장자리 올이 다 풀어진 아기 이불을 매일 싸 들고 등원하는 아이가 있었다. 그 아이가 어느 날 아기 이불을 깜빡 잊고 그냥 온 적이 있었는데, 울고 불안해해서 하루 생활이 어려웠다. 결국 아이 엄마가 직장에서 조퇴하고 집으로 달려가 가져다주었다.

"보물아, 안청은이는 아직도 손가락 빨고 있니?"

"응. 안청은이는 다섯 살까지만 손가락 빨기로 선생님과 약속했는데 아직도 몰래 숨어서 빨아. 해님, 장미꽃 살래요? 이 핑크색 장미꽃 향기를 맡아 보세요. 어때요? 냄새가 좋지요?"

보물이가 거즈 수건을 동그랗게 부풀려 손에 움켜쥔 채 내 얼굴에 댔다.

"아오! 무슨 냄새가 이렇게 향기로운가요? 아주 기분을 상쾌하게 만드는데요?"

"아, 네. 이 향기는 세상에 하나밖에 없는 핑크장미꽃 냄새랍니다. 헤헤헤."

"오마나! 아주 예쁘고 귀한 꽃이군요? 이건 얼마인가요?"

"네, 이것은 해님에게만 특별히 주는 거니까. 삼백오십 원만 내세요."

"삼백오십 원이오? 와우, 고맙습니다. 보물아, 지하에 다 왔다. 내리자."

엘리베이터 문이 열리기 무섭게 보물이가 건넨 수건을 가방에 얼른 찔러 넣고 보물이 손을 잡고 뛰었다. 주차장을 벗어나 비탈길에 접어들었을 때였다.

"해님! 지금부터 롤러코스터를 타겠습니다. 내 손을 꼭 잡으세요."

말릴 새도 주지 않고 보물이가 내 손을 잡은 채 비탈길을 달리기 시작했다. 어쩔 수 없이 손에 힘을 잔뜩 주고 앞으로 달려가는 보물이 속력을 제어하며, 한편으로는 관절에 무리가 올까 조바심치며, 거의 질질 끌려가다시피 내달렸다.

"아우, 보물아. 해님 무서워! 아아 넘어지겠다. 살려줘!"

내가 과장되게 엄살을 부리며 소리를 지르면, 보물이는 더욱 깔깔거리며 달렸다.

"해님, 걱정하지 마! 내가 지켜 줄게. 나는 용감한 슈퍼맨이거든. 하하하."

그래. 보물아! 네가 건강하고 씩씩한 어린이가 된다면, 그래서 우리의 미래들이 행복할 수 있다면 그것으로 족하단다.

모퉁이 아래에서 가쁜 숨을 내쉬며, 올라오는 버스 엔진소리를 들으며 나는 오늘도 보물이와 함께 힘차게 달렸다.

무서워요

⋮

"자, 해님. 내 손을 꼭 잡아. 이제부터 롤러 코스터를 타는 거야. 알겠지?"

등원 버스 도착 시간에 맞추지 못할까 전전긍긍하는 내 심정은 아랑곳하지 않고 보물이가 오늘도 그야말로 '빡센 훈련 놀이'를 하자고 독촉했다.

"좋아. 그런데 해님은 무서우니까 약하게 달려야 해. 제발 부탁이야."

이렇게 애절하게 청해도 보물이는 두 개의 비탈길을 힘껏 달릴 것이다.

보물이는 집 현관을 나서는 순간부터 내 손을 잡는다. 행여 엘리베이터에 누가 타거나 길에서 마주 오는 누군가가 있으면 내 곁으로 착 붙어서 잡은 손에 힘을 꼭 준다. 낯선 모든 것이 두렵고 불안한가 보다. 그래서 나는 누군가를 만나면 무조건 인사하고 먼저 말을 건넨다. 그것이 보물이의 낯가림을 덜도록 돕는 일상의 모델링이다.

이제, 고꾸라질 것 같은 보물이의 속력을 표 안 나게 제어하며 한편으로는 정말 공포에 질린 목소리로 무섭다고, 보물이 힘을 당할 수 없다고 크게 감탄해야 한다.

"으~아, 보물아 무서워! 제발 살살 달려! 와, 진짜 언니야같이 달리기 잘한다!"

"히히히. 해님, 나는 어린이라서 달리기 잘하는 거야. 어른들은 뼈가 딱딱해서 달리기를 잘 못 해. 그래도 자꾸 연습하면 나처럼 잘할 수 있지."

"맞아. 보물아, 처음에는 잘 못 해도 계속하면 잘할 수 있어."

"해님, 그렇지만 내가 1등 할걸? 자, 이제 2단계 훈련을 할 거야. 헤헤."

보물이가 자신감 있게 생활하기를 바라는 나는 우쭐해하는 보물이 기운을 제지하고 싶지 않아 미소로 부추기고 인정해 주었다.

요즈음 보물이는 자기 신체에 자신감이 붙었는지 아침마다 등원길에 나를 훈련시키는 재미에 빠져 있다. 비탈길에서 롤러코스터 태우는 훈련을 시작으로 두 개의 비탈길을 내려오면 2단계가 끝난다. 그다음은 버스가 서는 곳에서 3단계 훈련이 시작되는데 보물이가 체육 시간에 배운 체조나 운동, 발레 시간에 배운 각종 자세나 동작을 어린이집 버스가 올 때까지 해야 한다.

보물이가 창안해 낸 이 훈련은 수시로 동작을 바꾸기도 하는데 무려 8단계까지 있다. 문제는 보물이 마음에 흡족할 때까지 같은 동작을 반복시키는 거다. 유연하지 못한 내 몸에 벅찬 고난도 동작을 요구할 때면 가끔 엄살을 부린다.

"아후, 보물아. 해님은 뼈가 딱딱해서 그렇게 뱅글뱅글 돌다가 딱 멈출 때, 팔이 똑바로 쭉 안 올라가거든?"

"그래? 그럼 해님은 팔을 똑바로 올리지 말고 이렇게 옆으로 해도 괜찮으니까 다시 해 봐. 자꾸 해야 나처럼 튼튼해지는 거야. 알았지?"

오늘도 보물이는 나를 위해 고된 훈련을 시키나 보다 생각하며 비탈 하나를 숨 가쁘게 내려왔다. 보물이가 잠깐 멈춘 틈을 타 목을 길게 빼고 아파트 정문 입구 등원 버스가 서는 곳으로 휙 시선을 보냈다. 다행히 기다리고 있는 노란 버스는 없었다. 어른 서너 명이 두런두런 이야기를 나누며 버스를 기다리고 있었고 아이들은 이리저리 뛰어다니며 즐거운 비명을 지르고 있는 게 보일 뿐이었다. 후유, 다행이다. 노란 버스가 아직 안 온 것도 다행이지만 오늘은 사람들이 저렇게 있으니 보물이가 '빡센 훈련'을 시키지 못할 것이다. 나는 안도의 숨을 쉬며 한껏 보물이 기를 살려 보았다.

"당연하지. 우리 보물이는 달리기 잘하는 발레리나스케이트 선수 되는 게 꿈이니까, 이렇게 매일 매일 연습하면 꿈이 이루어질 거야. 파이팅!"

즐거운 마음으로 보물이 잡은 손을 번쩍 들어 올리며 다짐하듯 외쳤다.

"흐흐흐, 해님은 그걸 어떻게 알았어? 역시 해님은 나의 영원한 어른 친구야."

힘차게 보내는 나의 격려에 보물이가 신이 났나 보다. 어깨를 들썩하더니 흥에 겨워 2단계 훈련을 하겠다던 계획을 잊어버린 채, 잡았던 내 손을 놓고 나비처럼 폴짝폴짝 앞서 내려가며 말했다. 긴장했던 내 다리와 마음도 풀렸다. 발걸음이 저절로 잦아드는 것을 채근하며 어깨에서 흘러내리는 보물이 가방끈을 추스르려고 팔에 힘을 주었다. 그때다.

"어…?"

앞서 가던 보물이가 방금 내 옆을 스치고 지나간 누군가의 손을 잡았다. 그리고 서너 발짝 내디뎠다. 찰나, 움찔하더니 고개를 들어 손잡은 사람을 쳐다보았다. 홱 얼굴을 돌렸다. 얼굴빛이 금세 사색이 된 보물이가 나를 향해 돌진했다.

"보물아, 괜찮아, 괜찮아…."

두어 발짝 뛰어가 보물이를 끌어안았다. 쿵쾅거리는 보물이의 심장 박동이 내가 입은 도톰한 면 티셔츠 속으로 파고들었다.

"아이구, 얘가 누군데 내 손을 잡을까. 응? 흐흐!"

가던 걸음을 멈춘 낯선 할머니가 보물이와 나를 번갈아 보며 환하게 물었다.

"아, 안녕하세요? 아마 제 손인 줄 알고 잡았다가 놀란 모양이에요."

눈물이 그렁그렁한 보물이 얼굴을 살피며 애써 상냥하게 대답했다. 할머니가 사태를 파악했는지 들고 있던 손가방을 뒤져 무언가를 꺼내 내밀었다.

"아이구, 예쁘게도 생겼네. 자, 이것밖에 없구나."

뺨 위로 눈물을 흘려보내던 보물이가 흘깃, 할머니가 내민 손바닥을 보고는 고개를 돌렸다. 할머니 손에는 홍삼캔디 두 개가 있었다.

"어머나, 사탕이네. 보물아, '고맙습니다' 하고 받아야지?"

물론 보물이는 이 홍삼캔디를 싫어할 것이다. 홍삼 특유의 강한 향 때문이다.

예전에 어린이집에 근무할 때 아이들을 데리고 자주 산책했다. 무거운 흙을 뚫고 솟아오르는 새싹을 관찰하게 하고 살랑거리는 바람을 느끼며 언어로 표현해 보게 했다. 여름에는 그늘이 드리워진 평상에 앉아 '반지 숨기기 놀이'나 두 다리를 길게 뻗어 다리 사이에 넣고 '삼촌 삼촌 어디가 놀이'를 하기도 했다. 그럴 때마다 길을 오가는 할머니들이 '에구, 고놈들 예쁘기도 해라. 콧바람 쐬러 나왔구나? 옛다!' 하시며 홍삼캔디를 주셨다. 그런데 아이들 모두 싫어했다.

"아마 놀란 모양이에요. 할머니 드시려는 건데…. 고맙습니다."

내가 보물이 대신 얼른 받으며 인사를 했다. 할머니는 흡족한 듯 빙긋이 웃으며 가던 길을 내려갔다.

"보물아, 괜찮아? 해님이 아니라서 깜짝 놀랐지?"

품었던 보물이를 천천히 풀어놓으며 걱정스러운 목소리로 물었다.

"해님, 그런데 선생님한테 말하지 마. 응?"

얼굴을 든 보물이가 간절한 표정으로 올려다보며 무겁게 말했다.

음? 이건 무슨 의미일까? 무섭고 놀랐으니 나한테 짜증을 내거나 투정을 부려야 할 텐데, 말을 하지 말라니? 나는 빠르게 지난 며칠 동안의 보물이 일상을 머릿속으로 회상하며 훑었다. 그러다가 아하! '안전교육'이 불쑥 떠올랐다.

대부분 그렇겠지만 보물이가 다니는 어린이집에서는 매주 금요일, 주 생활교육안과 월 식단표를 보내온다. 그러면 가정통신문과 유인물을 냉장고 문에 붙여 놓고 수시로 확인한다. 아침 등원 전에는 오늘 어떤 주제로 활동을 할지, 특별활동은 무엇인지 살펴보고 보물이에게 활동 내용을 미리 안내하기도 한다. 또 오전 간식이 어떤 것인지 확인하고 겹치지 않게 조절해서 아침상을 마련한다.

그런데 어제는 새 학기 봄철을 맞아 '낯선 사람을 따라가지 않아요'라는 주제로 안전교육이 있었다. 그렇다면 보물이가 더욱 놀랐겠구나! 더구나 자신의 실수로 낯선 할머니의 손을 잡고 따라갔으니 '바른생활표' 보물이가 얼마나 놀라고 자신의 실수를 자책했을까?

"보물아, 걱정하지 마. 해님이 말 안 할게. 그런데 보물아, 사람은 누구나 실수할 수 있어. 그렇지만 오늘은 해님이 지켜보고 있었으니까 무서운 일은 절대 아니랍니다."

일부러 밝고 따뜻한 목소리로 노래하듯 말해 주었다.

"그래? 그런데 해님, 엄마한테도 절대 말하지 마. 알았지?"

"절대, 절대 말하지 않을게. 해님은 약속 잘 지키잖아. 자, 약속!"

새끼손가락을 내밀자 보물이가 얼른 자기 새끼손가락을 걸며 활짝 웃었다.

그렇다. 요즈음은 어린이들도 세상살이가 만만하지 않다. 최근 들어 어린이 유괴와 학대, 방임이 늘어나고 폭력도 많아지고 있다. 지난(2017년) 3월 인천에서는 십 대 여학생이 놀이터에서 놀고 있는 초등학생을 꾀어 살인한 사건이 사회를 발칵 뒤집어 놓았다. 또 영유아보육법(2015년 9월)이 통과되어 어린이집에 CCTV 설치를 의무화했지만 어린이 학대 뉴스는 얼마 전에도 보도되었다.

"보물아, 어제 안전교육 시간에 무서웠어? 어떻게 했는데?"

보물이의 놀란 가슴을 진정시키려고 이렇게 저렇게 물었다.

"음, 아이스크림 사 준다고 해도 모르는 사람은 절대 따라가지 말라고 했어."

"그랬구나. 보물아, 보물이가 혼자 있을 때는 조심해야 해. 하지만 엄마 아빠나 해님 같은 어른과 함께 있을 때는 무서워하지 않아도 돼."

세상을 아직 모르는 어린이들이 호기심과 즐거움으로 활기차게 살아야 할 이 사회가 불안하다면, 또 그렇게 안전하지 않은 사회 속에서 성장한 어린이들이 이루어 갈 우리의 미래는 과연 어떤 모습일까? 나는 흐트러진 보물이 머리를 다독거리며 아려 오는 가슴을 긴 호흡으로 눌렀다.

"해님, 저기 버스 온다. 우리 어린이집 버스는 윙크하는 예쁜 눈이야. 흐흐흐."

마음속 근심을 털어내듯 보물이의 명랑하고 상큼한 목소리가 나를 흔들어 깨웠다.

"어? 그래. 보물아, 오늘도 재미있게 놀다가 와. 해님이 기다릴게."

"알았어. 해님, 저기 창문에 서수정이다! 히히. 수정아, 안녕?"

손안에 있던 파랑새가 훌쩍 날아가듯, 보물이가 달려가더니 한걸음에 버스 안으로 들어갔다. 그리고 내 앞에서 버스가 돌아 내려갈 때 깔깔거리는 보물이의 하얀 얼굴을 차창으로 보여 주었다.

선생님
사랑해요

.
.
.

"히히, 해님, 오늘 나 이 시크릿쥬쥬 드레스 입고 갈 거야!"

옷이 즐비하게 걸려 있는 옷걸이 앞에서 보물이가 분홍 치맛자락을 잡고 내 쪽을 보며 흔들었다.

"당연하지. 보물이가 그렇게 입고 싶어 하던 시크릿쥬쥬 드레스잖아?"

"맞아. 오소영은 어저께 소피아공주 옷을 입고 왔어. 그건 보라색이야."

요맘때 여자아이들은 디즈니에 나오는 공주 그림이 인쇄된 원피스 하나쯤은 다 가지고 있는 모양이다. 한겨울에도 스파크가 튀듯 반짝이는 망사 드레스를 입고 좋아하며 뛰어다니는 아이들을 종종 본다.

핑크색을 좋아하는 보물이는 특히 시크릿쥬쥬를 좋아했다. 그런데 옷 재질이 가볍고 캐릭터 그림이 가슴 한가운데 커다랗게 있는 것이 어른들 보기에 썩 좋아 보이지는 않는다.

"해님, 오소영이가 나를 보면 깜짝 놀라겠지? 히히히."

보물이는 상상만 해도 즐겁다는 듯 히죽히죽 웃으며 거울을 보고 또 보았다.

이즈음 아침마다 보물이와 옷 때문에 씨름했다. 기온 차가 심한 초봄 날씨에 뜬금없이 망사 치마를 입고 가겠다고 하고, 어제는 꽃무늬가 화려한 민소매 원피스를 입겠다고 했다. 아직 가시지 않은 추위에 패딩 점퍼도 벗지 못하는 때이지만, 또래 친구들이 입고 온 옷이 부러웠던 것 같아 고심 끝에 보물이가 원하던 이 시크릿쥬쥬 원피스를 사 온 것이다.

"해님, 머리는 엘사 머리로 빗겨 줘. 알았지? 안나는 싫어."

긴 머리가 활동할 때 불편할 것 같아 어제 양 갈래로 땋아 주었더니 마음에 들지 않는다는 것이다. 자기는 겨울왕국에 나오는 엘사를 좋아하기 때문에 하나로 높이 묶거나 하나로 땋은 머리를 해 달라고 주문했다.

아이들이 자랄 때는 신체 발달과 함께 사고력도 확장되기 때문에 자기주장이 강해지고, 좋아하는 것 싫어하는 것도 분명해진다. 따라서 요구사항도 많아지고 불만도 늘어난다. 아무리 사소한 불평이라도 귀담아들어야 아이를 이해할 수 있다. 아이들의 표출된 행동에는 분명 이유가 있기 때문이다.

어떻게 하면 보물이의 이 상기된 기분을 살려 줄 수 있을까 내심 고민하며 보물이와 집을 나섰다. 비탈길을 하나 내려가 등원 버스가 서는 정문 입구를 보니 뛰어다니는 아이 두 명과 진우 할머니가 눈에 들어왔다.

진우 할머니는 진우 손을 잡은 채 젊은 엄마 두 명과 이야기를 나누고 있었다. 옳지, 우선 여기서 분위기를 띄워 볼까? 예전에는 이웃이 아이들을 서로 챙기며 함께 키우지 않았던가.

"진우야, 안녕? 와, 진우 멋진 점퍼 입었구나! 아빠 같은데? 안녕들 하세요?"

내가 먼저 건네는 인사말에 뒤를 돌아본 진우 할머니가 커다란 소리로 말했다.

"어머나, 이게 누구야? 보물이가 핑크공주가 됐네. 구두까지 핑크로 신고…. 아이구 이뻐라! 우리 진우 저 점퍼는 동생까지 입히려고 애매한 주황색으로 샀다우."

진우 할머니가 눈을 찡긋하며 점퍼 얘기는 진우가 들을까 봐 내 귀에 속삭였다.

"아이고, 보물이도 샀구나? 아이들 등쌀에 안 사고는 못 배긴다니까요."

"우리 도담이는 백설공주로 샀잖아요. 촌스럽고 유치하기 짝이 없는데 아이들은 왜 그렇게 좋아하는지 모르겠어요. 옷값은 또 왜 그렇게 비싼지…."

평소에 마땅치 않게 생각했었는지 젊은 두 엄마의 불평이 쏟아졌다.

"진우야, 저기 예쁜 보물이 옆에 가서 보물이 손, 잡아 봐."

느닷없는 진우 할머니의 제의에 으쓱하면서도 수줍어 눈을 내리깔고 내 곁에 붙어 섰던 보물이가 잡은 손에 힘을 주며 나를 쳐다보았다. 낯가림이 있는 보물이가 썩 내켜하지 않을 수도 있겠지만, 오늘은 핑크드레스 힘을 빌려 보기로 했다.

"아, 그래. 우리 사진 찍어 볼까? 자, 이렇게, 옳지. 하나, 둘, 셋, 김치!"

자기들을 주시하는 여러 개의 눈빛이 부담스러웠는지 두 아이는 얼굴에 한가득 웃음꽃을 피우면서도 몸이 뻣뻣해 있었다.

"어머, 어머, 너네 잘 어울린다!"

"우하하, 어머나! 쟤네 쑥스러워하는 표정 좀 봐. 보물이는 눈을 좌악 내리깔고 새초롬한 표정에, 어머, 우리 진우는 왜 또 저렇게 몸을 비비 꼬는 거야. 진우야! 씩씩하게 똑바로 서 봐! 사내 녀석이 수줍어하긴, 하하하."

진우 할머니 눈에는 손자인 진우가 힘들어하는 게 안 보이는지, 못마땅하다고 나무라면서도 쑥스러워하는 아이들을 세워놓고 하하거렸다. 옆에 있던 젊은 엄마들도 덩달아 깔깔거렸다.

"와우! 우리 보물이 무지 무지 예쁘다. 진우도 정말 멋져. 어? 버스 오네."

멀리 아래에서 엔진소리가 들려오는 걸 핑계 삼아 구경꾼들을 헤쳐 놓았다. 마침 보물이네 버스가 먼저 오기에 서둘러 보물이를 버스에 태웠다.

그렇게 아침부터 어른들 기분에 한바탕 소동을 치렀던 아이들이 연이어 도착하는 버스를 타고 모두 어린이집으로 유치원으로 갔다. 어른들 역시 뭔가 휑한 마음을 각기 인사로 추스르며 일상을 향해 돌아섰다.

노란 버스들이 지나간 비탈길을 내려가다가 보물이 담임선생님에게 핸드폰으로 '키즈톡'을 했다. 간단한 인사와 함께 보물이가 오늘 새 드레스를 입고 갔다고 귀띔했다.

오후, 하원 버스에서 폴짝 뛰어내린 보물이가 활짝 웃으며 달려왔다.

"해님, 히히히. 오늘 선생님이 나 예쁘다고 빙그르르 돌아보라고 했어. 흐흐흐."

"그래? 오마나! 선생님이 보시기에 보물이가 엄청 예뻤나 보다. 와우, 보물이 기분이 정말 좋았겠네? 오소영이는 뭐라고 했어? 소영이도 예쁘다고 했어?"

바쁜 중에도 보물이에게 신경 써 준 담임선생님의 배려가 고마웠다. 한편으로 보물이가 제일 좋아한다는 소영이 반응이 궁금했다.

"으음, 오소영은 아무 말도 안 했어. 그냥 쳐다보기만 했어."

"그래? 오소영이가 부러웠나 보다."

"해님, 부러운 게 뭐야?"

"음, 보물이가 예쁘지만 소영이는 시크릿쥬쥬 옷이 없으니까 자기도 갖고 싶어 한다는 뜻이야. 그런데 말을 안 한 거야."

"으음, 부끄러우니까? 그렇지만 괜찮아. 선생님이 나보고 최고라고 했어. 히히."

자랑하고 싶고 인정받고 싶어서 벼르고 입고 갔는데 주변에서 아무도 반응을 보이지 않으면 얼마나 실망할까 싶어서 아침에 '키즈톡'으로 문자메시지를 보냈는데 담임선생님이 놓치지 않고 응수해 준 것이다. 아마 경험이 많은 선생님일 것이다.

집 안으로 들어온 보물이가 옷도 갈아입지 않고 자기 방으로 들어가더니 기척이 없었다. 창문을 열어 환기하고 가방에서 도시락 주머니를 꺼내다가, 궁금해서 살그머니 방 안을 들여다보았다. 보물이가 엎드려서 무언가에 열중하고 있었다.

"보물아, 뭐 하는 거야? 으음, 그림 그리는구나?"

"음, 선생님을 그린 거야. 그리고 '백세진 선생님 사랑해요'라고 썼어. 어때?"

"와우! 잘 그렸다. 그리고 글씨도 잘 썼어. 선생님이 정말 좋아하시겠는걸!"

그렇다. 아이들은 관심과 칭찬을 먹고 부쩍부쩍 자란다. 특히 담임선생님의 한마디 격려는 단체생활을 하는 아이의 자신감을 돋우는 데 큰 힘이 된다. 그러나 바쁜 일상이 아이들 개개인을 살피기에 역부족일 때가 많다.

나도 어린이집을 운영해 봐서 잘 안다. 현재, 어린이집은 만 4~5세

반이 20명 정원이다. 상황에 따라서는 한두 명 더 추가되기도 한다. 보조교사 없이 혼자서 종일 아이들과 생활하다 보면 화장실 가기도 어렵다. 항상 움직이는 아이들을 잠깐이라도 방치할 수가 없기 때문이다.

"보물아, 보물이는 백세진 선생님이 좋아?"

"당연하지, 우리 백세진 선생님은 목소리가 아주 예뻐. 히히."

다행이다. 새 학기 들어 교실과 선생님이 바뀌어서 내심 걱정했었다. 큰소리를 싫어하는 보물이를 담임선생님이 빨리 이해했으면 싶었지만, 바쁜 일상을 뻔히 알고 있는 내가 이런저런 주문을 하는 것이 내키지 않았다.

사실, 아이마다 싫어하는 것이 다르듯 선생님마다 새 학기에 임하는 자세도 다르다. 경험이 많은 선생님은 아이들 개개인의 성격을 먼저 파악하려고 애쓴다. 개별성을 인정하고 거기서부터 시작해야 의도한 효과를 볼 수 있기 때문이다. 그러나 젊은 선생님은 자기가 목표한 교과를 잘 이행하는 데 열정을 쏟는다. 그나마 다행인 것은 보물이 친구들이 그대로 올라가서 주변 환경이 익숙하다는 것이다.

"해님, 이 편지 내 가방 앞에 넣어 줘. 내가 내일 백세진 선생님한테 줄 거야."

"알았어. 지금 넣자. 이렇게 예쁘게 반 접어서… 됐지?"

나는 얼른 가방을 가져다가 통신문을 넣는 앞주머니에 넣고 지퍼를 올렸다.

"음, 됐어. 해님 나, 입이 더운데 뭐 시원한 것 좀 없을까?"

심혈을 기울인 탓일까? 보물이가 갈증을 느끼는 것 같았다. 냉동실에서 아이스크림 하나를 가져다주었다.

다음날 오후, 보물이 담임선생님에게서 '키즈톡'이 왔다.

'아침에 보물이가 교실에 들어오자마자 편지를 꺼내 짠~, 건네주더라고요!

얼마나 기쁜지, "와" 하며 폴짝폴짝 뛰었답니다. ㅎ.

교실 맨 앞 교사 사물함 문 앞 잘 보이는 자리에,

친구들이 모두 볼 수 있도록 붙여 놓았답니다.'

물론 선생님께 드린 보물이 그림은 스케치북에 색연필로 그려 어설프게 가위질한 것이다. 보기에 따라 지저분하게 보여 그냥 쓰윽, 버릴 수도 있다. 그러나 보물이 담임선생님은 한 줄의 '톡'을 읽고 아이의 기분을 격려해 주었고 어설픈 그림을 보고 아이의 마음을 품을 줄 알았다. 잘 보이는 곳에 붙여 놓았다는 그림은 잠깐 붙였다 떼겠지만 자라나는 아이들의 마음을 훌쩍 키우는 힘이 되는 것이다.

　올 한 해도 보물이의 어린이집 생활이 행복하기를 기대해 본다.

물밥

⋮

　"해님, 나 물밥 먹으면 안 될까?"

　식탁에 앉은 보물이가 숟가락을 한 손에 든 채 TV를 보며 의욕 없이 말했다.

　"물밥?"

　보물이 곁으로 다가가며 재빠르게 머릿속을 뒤졌다. 물밥이라니? 무당이 귀신에게 던지는 물에 만 밥? 그렇다면 밥을 물에 말아 먹겠다는 것일까? 낯설게 느껴지면서도 익숙한 이 단어의 친근함은 무엇이지?

　"보물아, 밥을 물에다 말아 먹고 싶니?

　"음. 해님, 어저께 친할머니하고 물밥을 두 그릇이나 먹었다! 진짜 맛있었어."

　주말에 할머니와 할아버지가 오셨다 가셨다고 하더니, 아마 할머니가 밥을 물에 말아 주신 모양이다. 보물이 할머니와 할아버지께서는 가끔 주말에 오셔서 보물이와 놀아 주고는 하신다.

"그래? 그러면 조금만 물에 말아 먹고 나머지는 그냥 먹으면 어떨까?"

"힝, 나는 다 물에 말아서 먹고 싶은데…. 우리 친할머니도 어저께 두 번이나 말아 먹었거든? 그런데 왜 해님은 조금만 말아 먹으래?"

보물이가 금세 울먹울먹하며 항의했다.

"보물아! 밥을 물에 말아 먹으면, 반찬도 먹지 않고 꼭꼭 씹지도 않았는데 금세 삼키게 돼. 그러면 보물이가 골고루 먹지 않아서 쑥쑥 자랄 수가 없잖아?"

"해님, 그건 나도 알거든?"

"그리고 보물아, 여기 있는 시금치나물이랑 멸치랑 보물이 외할머니가 보물이 먹고 쑥쑥 크라고 맛있게 만들어 주셨잖아."

그렇다. 보물이 외할머니께서는 일주일분 반찬을 매주 만들어 보내 주신다. 외손녀가 예쁘기도 하지만, 일하는 딸의 수고를 조금이라도 덜어 주고 싶은 모성애가 한몫했을 것이다.

"그렇지만 나는 물밥이 맛있어. 그래서 또 먹고 싶단 말이야."

보물이가 자기주장을 굽히지 않았다. 한 번 더 보물이를 설득해 보았다.

"보물이가 물밥만 좋아하면 여기에 있는 브로콜리랑 고기가 자기를 먹지 않는다고 슬퍼하면 어떡해?"

"히잉, 그러면 내일 먹으면 되지. 나는 빨리 먹고 놀이하고 싶단 말이야."

보물이의 투정 섞인 말을 듣는 순간 아련했던 두어 문제가 선명하게 풀리며 명쾌해졌다.

우선, 요즈음 보물이 도시락 주머니 한 귀퉁이가 늘 젖어 있었다. 어린이집에서는 식판에 국을 떠 주니까 물기가 남아 있나 보다 하면서도 혹시, 반찬은 안 먹고 국만 먹는 것은 아닐까 하는 의구심이 있었다.

또 하나는 어린이집에 가기 싫다고 하던 소리가 쏙 들어간 것이다.

"해님, 오늘도 어린이집에 가야 해? 나는 어린이집에 안 가고 해님하고 집에서 놀고 싶어."

더 자고 싶다는 보물이를 이부자리에서 빼내 와 거실 소파에 눕히고 나면 눈을 비비며 하는 첫마디가 이랬다. 부모가 일을 하는 가정이 대체로 그렇듯, 아이들도 부모 따라 늦게 잠자리에 들게 된다. 그러다 보니 아침에 잠이 부족한 것이다.

"그래? 보물이가 왜 그런 생각을 하게 됐을까?"

어른들도 잠이 부족하면 움직이기 싫고 머리가 띵 한데 한창 자라는 아이들은 오죽할까 싶어 안타깝지만, 현실인 것을 어쩌겠는가!

"나는 어린이집에 가기 싫어. 어저께도 수정이가 노란 줄에 맨 먼저 앉았단 말이야. 힝, 나보고 꼴찌래!"

으잉? 그렇다면 신체적 피로에서 온 피곤함이 아니었구나 하는 생각에 흘러내린 보물이 긴 머리를 추스르며 다정하게 물었다.

"그래? 그럼 보물이는 그때 뭐 하고 있었을까?"

"히잉, 나는 밥을 먹고 있었지…"

아하! 이제 그림이 보인다. 어린이집에서는 점심시간이 괴로운 아이들이 더러 있다. 식판에 음식을 받으면 간단한 감사기도를 하고 점심을 먹는데, 용감하게 먹는 아이들이 있는가 하면 밥 한술을 입에 물고 가만히 앉아 있는 아이도 있다.

오 년 전 내가 어린이집에 근무할 때, 점심시간이 끝날 때까지 밥 한 숟가락을 입안에 넣고 꼭 다문 채 그림같이 앉아 있는 아이가 있었다. 엄마가 필리핀 사람이어서 한국말을 잘 못 하는 아이였다. 그 아이 치아는 모두 까맣게 썩고 삭아서 어쩌다 그 아이가 웃으면 모두 '드라큘라'라며 무서워했다.

보물이의 사정을 듣고 생각했다. 학기가 새로 시작된 지 얼마 지나지 않은 지금, 담임선생님은 아직 아이들의 개별 특성을 미처 다 파악하지 못했을 때다. 자기표현을 잘 하지 않는 보물이에게 이런 상황이 계속되면 보물이는 '늦게 먹는 아이', '꼴찌'라는 낙인이 찍힐지도 모른다. 그건 보물이에게 상처가 될 수도 있겠다.

나는 염치 불고하고 담임선생님에게 보물이의 식욕이 왕성하지 않은 습성을 알리고 배식 양을 적게 주었다가 차츰 늘려 가는 방법을 제안했다. 또 다 먹은 순서대로 '치카'를 하기 위해 표시해 놓은 화장실 앞 노란 선에 보물이도 한 번쯤은 첫 번째 앉을 수 있도록 배려를 부탁했다.

"해님, 내가 오늘 일등으로 밥 먹었어! 으음, 그래서 내가 서수정보다 더 먼저, 일 등으로 노란 줄에 앉았지. 히히히."

담임선생님에게 보물이 식사 습관을 의논한 며칠 후, 노란 버스에서 내린 보물이가 이를 하얗게 드러내며 자랑했다. 또 며칠 전에는 차량에 탑승한 보물이 담임선생님이 버스에서 내려 보물이를 인계하며 말했다.

"요즈음엔 우리 보물이가 밥도 잘 먹고 친구들하고도 잘 지낸답니다."

그렇다면 보물이는 나름대로 밥을 빨리 먹는 방법을 찾은 것이다. 국이나 물에 말아서 후딱 먹고 일어나 인기 있는 놀잇감을 먼저 찜하

고 으스대는 것이리라. 그러면 식탁에 앉아 있던 성미 급한 친구들이 덩달아 서로 경쟁하며 숟갈 운동을 할 것이고…. 눈에 선한 장면을 접으며 보물이에게 말했다.

"보물아, 그럼 오늘만 밥을 물에 말아 먹고 내일부터는 여러 가지 반찬을 꼭꼭 씹어 먹기로 할까?"

"알았어. 채소랑 고기랑 골고루 먹어야 키가 쑥쑥 크는 거지? 나도 알거든? 해님, 그런데 왜 친할머니는 자꾸 물밥을 먹어? 친할머니는 늙어서 키가 그만 커야 해?"

보물이가 정말 궁금하다는 듯 진지하게 물었다.

글쎄. 늙으면 입맛도 없고 밥맛도 없어져 물맛으로 먹는다고들 했다. 하긴 우리 할머니도 옛날에 밥맛이 없다며 늘 물에 말아서 겨우 한술 뜨고는 했다. 어려운 살림이지만 엄마가 애써 이것저것 찬을 만들어 상에 올리면 할머니는 숟가락을 들었다 놓았다 했다. 그러다가 엄마의 독촉에 마지못해 숟가락을 들어서 대접에 있는 물에 밥 한술 넣고 뚝 뚝 풀었다. 그러고는 조선간장, 지금은 국간장이라고 부르는 메주 우려내어 달인 간장을 숟가락으로 꾹 찍어서 입에 넣고 우물우물 삼켰다. 어린 내가 보기에 맛있는 반찬이 이렇게나 많이 있는데도 말이다.

"할머니! 여기 나물도 있고 조기도 있는데 왜 간장만 찍어 먹는 거야? 에잉, 나까지 밥맛 떨어지잖아!"

내가 좋아하는 조기를 할머니 상에만 올려놓았는데도 오만상을 찌푸리고 있는 할머니가 못마땅해서 짜증 난 목소리로 투덜댔다.

"요년! 너도 늙어 봐라. 너는 안 늙을 줄 아니? 잠깐이다~."

그렇다. 정말 잠깐이었다.

문득 돌아보니, 어느새 내가 그때의 할머니 나이가 되어 있다.

"해님, 해님도 먹고 싶어? 자, 한 번만 먹어 봐. 진짜 맛있어!"

멍하니 바라보고 있는 내가 안돼 보였던지, 보물이가 물밥 한 술을 내게 권했다.

"아니, 괜찮아. 해님은 물밥, 별로야."

내가 시큰둥해하며 고개를 돌리자 보물이가 선심 쓰듯 불쑥, 들고 있던 물에 만 밥 한술을 내 입에 넣었다.

아! 신선하고 청량한 이 느낌은 또 뭐지?

입안으로 번지는 시원하고 달착지근한 여운을 천천히, 오래 붙들려는 내 눈가에 따뜻한 물이 그윽하게 고이고 있었다.

마음나라

⋮

노란 버스가 보물이와 내 앞을 지나 언덕 아래 비탈길로 내려갔다. 나는 보물이의 손을 잡으며 물었다.

"보물아, 오늘 어린이집에서 어땠어?"

"으음…, 좋았어…."

고개를 숙인 채 보물이가 힘없이 대답했다. 조금 전 버스 문이 열리고 보물이가 내렸을 때, 보물이 표정이 밝지가 않았다. 무슨 일이 있었을까 촉을 세우고 다시 물었다.

"그래…? 보물아, 오늘 어린이집에서 누가, 울었어?"

"아니, 아무도 안 울었어…."

목소리에 기운이 없는 것을 보면, 분명 기분이 좋지 않은 것 같은데 얼른 마음을 드러내지 않았다. 이럴 땐 직접 화법을 쓰는 수밖에 없겠다.

"보물아, 오늘 어린이집에서 속상한 일 있었어?"

보물이 잡은 손을 살짝 당기며 올라가던 걸음을 멈추고 다정하게 물었다.

"으흐흥! 해님, 나는 너무 슬퍼, 이잉…."

보물이가 무너지며 내게 얼굴을 묻었다.

"오, 우리 보물이가 슬펐구나! 그래. 눈물이 나오면 조금 울어도 괜찮아."

어깨에 멘 보물이 가방을 내던지고 쭈그리고 앉으며 보물이를 안았다. 잠시 이렇게 기다리기로 했다. 고개를 들어 보니 오색으로 빛나던 잎들을 일찌감치 다 떨구고 있는 나무 한 그루가 파란 하늘 아래, 당당하게 벌거벗은 몸을 드러내고 있었다. 이제 머지않아 겨울이 올 것이다. 겨울이 오면 눈이 올 것이고 눈이 오면 산비탈에 층층이 세워진 아파트의 경사진 길이 미끄러워 나는 종종거릴 것이다.

아침에, 등원 버스를 기다리며 앞산을 보고 있던 보물이가 느닷없이 물었다.

"해님, 해님은 언제가 좋아? 가을이 좋아, 겨울이 좋아?"

"으응? 음, 나는 가을이 좋아. 겨울에는 눈이 와서 미끄러지잖아."

"그래? 나는 다 좋아. 겨울에는 눈이 와서 눈싸움하니까 좋고, 봄에는 예쁜 꽃이 피고 또 내 생일이 있으니까 좋아. 음, 엄마가 내 생일에 시크릿쥬쥬 궁전 사 준다고 약속했어. 그리고 여름에는 수영장에 가서 수영하니까 좋고 가을에는 단풍잎이 빨갛게 노랗게, 또 갈색으로 변하니까 좋아. 그래서 다~ 좋아."

그래. 사계절 모두 아름답지. 요즈음은 봄가을이 내 어릴 적보다 짧아지기는 했어도…. 나도 그렇게 아름다운 사계절을 탐하며 살아왔다. 그런데 최근 들어 더운 것도 못 참겠고 추위도 싫다. 특히 눈이 내리는 날에는 넘어질까 봐 전전긍긍이다. 그런 자신이 싫어지기조차 했다. 그러나 어쩌랴! 세월을 누가 이기겠는가?

조금 진정되기를 기다렸다가 보물이 등을 토닥이며 천천히 물었다.

"어떤 일이 우리 보물이를 슬프게 했을까? 해님은 많이 궁금한데…. 보물이가 얘기해 줄 수 있을까?"

내 목소리에 생각이 났는지 흔들리던 작은 어깨가 멈칫하더니 금세 울음을 그치고 내 품에서 일어나며 뿌루퉁하게 말했다.

"으음, 나는 가원이랑 효원이랑 같이 앉고 싶었어. 그런데 안청은이 내 옆에 앉았어. 버스에서…."

"그래? 안청은은 어린이집 버스 안 타잖아? 해님이 알기로는 어린이집 옆에 있는 빌라에 사는 것 같던데?"

보물이는 3년째 같은 어린이집을 다니고 있다. 보물이를 돌보는 나는 주말을 빼고는 매일 보물이의 등원과 귀가 지도를 했다. 가끔 내가 교육을 받으러 가거나 보물이가 아파서 병원에 가야 해서 차량 시간을 맞추지 못할 때는 어린이집으로 보물이를 데리러 가기도 했다. 그래서 보물이네 반 아이들 이름은 물론이고 식구 수나 사는 위치를 대충 알고 있었다.

"으음, 오늘 안청은이 아파서 병원에 간대. 그래서 버스 탔어. 그런데 나는 가원이랑 효원이한테 재미있는 얘기를 해 주고 싶었거든…."

"그랬구나! 그러면 보물아, 네 마음을 얘기해 주지 그랬어?"

"으음, 그런데 안청은 할머니가 같이 탔어. 그래서 나는 말을 못 했어. 히잉…."

아하! 이제 그림이 보인다. 소아과는 고개 아래 있었다. 어린이집 앞 버스정류장에서 보물이네 집 방향으로 두 정거장이었다. 그러니까 어린이집 옆에 사는 청은이 할머니가 기사님께 부탁해서 병원에 가려고 어린이집 버스를 함께 탄 것일 게다. 또 청은이는 통학버스를 처음 타게 되니까 다른 아이들이나 할머니보다 친구인 보물이 옆에 앉고 싶었을 것이다.

그러나 보물이 마음은 달랐던 것이다. 가원이와 효원이는 남매다. 보물이네 집보다 멀어서 아침에는 남매가 먼저 타고 오고 귀갓길에는 보물이가 먼저 내린다. 또 두 남매가 보물이를 좋아해서 보물이가 등원 버스에 오르면 서로 자기 옆에 앉으라고 매번 씨름하는 걸 보았다. 보물이는 동생 반인 가원이나 효원이를 옆에 앉히고 싶었는데 청은이 뒤에 어른인 할머니가 가 딱 버티고 있으니 거절을 못 한 것이다.

보물이의 툴툴대는 말을 듣고 보니 심각한 사건은 아닌 것 같아 조금 안심되었다. 아니다. 그러고 보니 어제 담임선생님과 통화한 이야기가 생각났다.

어제 전통놀이 시간에 두 사람씩 짝을 지어 함께하는 놀이를 하는데, 곽시후랑 한기린 두 남자아이가 서로 짝을 하겠다고 보물이 손을 잡았다. 한 사람만 해야 하니까 누구랑 짝을 하고 싶으냐고 담임선생님이 보물이에게 선택권을 주었다. 그런데 보물이가 결정을 못 했다. 놀이 진행은 해야 하니까 결국 담임선생님의 개입으로 다른 엉뚱한 아이와 짝을 짓는 것으로 해결하고 말았다. 그러나 보물이는 마음이 불편해서 눈물을 보였고 놀이시간이 끝난 후 보물이를 따로 불러 담임선생님이 놀이 규칙을 자세히 설명했다고 했다.

담임선생님의 이야기를 듣고 난 후, 집에 돌아온 보물이에게 물었다.

"보물아, 오늘 마음이 불편한 일 있었어?"

옷을 벗던 보물이가 정색을 하고 나를 바라보았다.

"어…. 그거 어떻게 알았어?"

"으음, 오늘 보물이가 슬퍼했다고 보물이 많이 안아 주라고 선생님이 전화하셨어. 그런데 보물아, 왜 곽시후나 한기린 중에서 짝을 정하지 않았어?"

보물이 곁으로 다가가 보물이 손을 잡으며 나직하게 물었다. 보물이가 긴 숨을 쉬고 나더니 복잡한 얼굴로 나를 보며 말했다.

"으음…, 나는 곽시후랑 한기린이랑 다 짝하고 싶었어. 왜냐하면 곽시후도 나를 좋아하고 한기린이도 나를 좋아하거든. 그런데 곽시후하고 짝하면 한기린이 화를 낼까 봐. 그러면 나를 싫어하게 되잖아. 그래서 말을 못 했어."

그랬구나. 보물이는 누구를 좋아하는 자신의 마음보다 자기를 좋아해 주는 상대방의 마음을 더 중요하게 생각하는구나. 친구가 자신을 싫어하게 될까 봐 우려하는구나. 마음이 무거워졌다. 나는 보물이가 그 무엇보다 건강하고, 일상에서 밝고 행복하기를 바란다. 그런데 상대방의 마음을 헤아리느라 눈치를 본다면 여섯 살 보물이의 하루가 얼마나 힘들 것인가!

"보물아, 보물이는 좋겠다. 엄마 아빠가 보물이 많이 사랑하시지, 해님도 보물이 많이많이 사랑해 주지, 또 할머니 할아버지도 보물이 사랑하시지, 보물이를 사랑하는 사람이 이렇게 많으니…. 그렇지?"

"당연하지. 우리 엄마가 나를 사랑하니까 시크릿쥬쥬 셀카폰도 사 주고, 아빠는 매일매일 나를 안아 주거든. 그리고 친할머니 친할아버지도 나를 사랑해 주고 외할머니 외할아버지도 얼마나 얼마나 나를 사랑한다고. 그리고 소화 언니, 선우 오빠, 정환이 오빠, 내 동생 선아 그리고 진우…. 와, 진짜 많다. 백 명이나 돼. 히히히."

보물이가 얼굴에 화색을 띠며 신이 나서 친척 형제들과 이웃 친구들 이름까지 들먹이며 목소리에 힘을 주었다.

"보물아, 보물이가 곽시후랑 짝하고 싶으면 한기린에게 오늘은 곽시후랑 하고 다음에는 너하고 짝할게 하고 예쁜 목소리로 보물이 마음을 이야기하면 좋겠어."

"그래? 그러면 한기린이가 뭐라고 말해?"

"글쎄…. 음, '알았어' 하거나 '다음에는 나하고 짝하자' 하고 말할걸?"

"그래도 한기린이가 소리를 지르면 어떡해?"

보물이가 걱정하는 것을 보면, 아마 한기린이란 아이는 목소리가 크거나 성격이 우락부락한 모양이다.

큰 소리에 예민하게 반응하고 낯선 환경, 낯선 사람과 익숙해지는 데 시간이 오래 걸리는 보물이가 단체생활에서 자기 마음을 다 표현하지 못하는 때가 많은 것 같아 안타까웠다. 나이에 비해 마음나라가 넓고 복잡한 것은 아닐까? 그렇다면 보물이에게 여기저기 새로운 환경을 접해 보도록 다양한 경험을 자꾸 시도해야겠다.

"보물아, 이제 울고 나니까 기분이 좀 좋아졌지? 가원이랑 효원이는 내일 아침 버스에서 또 만나니까 그때 옆에 앉아서 재미있는 이야기해 주면 어떨까?"

젖어서 겹쳐져 있는 보물이의 긴 속 눈썹을 쓸어내리며 나지막하게 속삭였다.

"알았어. 해님! 그런데 뭐 달콤한 것 없을까? 아, 해님. 우리 저기 편의점에 가서 시원하고 달콤한 아이스크림 사 먹자. 어때?"

"좋아. 무슨 맛으로 먹을까? 보물이 마음이 원하는 대로 하나만 선택해."

"으음, 나는 수박 맛도 먹고 싶지만, 딸기 맛으로 결정했어. 헤헤헤."

모든 시름을 날려버리듯 보물이가 하얀 이를 드러내며 명쾌하게 웃었다.

상처와
치유

:

오늘은 목요일. 나는 여지없이 버스정류장
에 서 있다.

핸드폰을 열어 시간을 보았다. 예정대로라면 보물이네 버스가 곧
올 것이다. 그러나 골 따라 올라가서 아파트 단지에 아이를 내려놓고
오는 귀가 지도는 마중 나온 보호자나 도착하는 차량이나 모두 시간
을 잘 지켜야 예정대로 진행될 수 있다. 어느 한 사람이 늦거나 길이
막혀 버스가 제시간에 도착하지 못하면 주르르 연달아 뒤로 늦춰지
게 된다.

정류장 바로 옆 골 언덕에는 초등학교가 있어 학업이 끝나는 시간
을 기다렸다가 아이들을 태우고 이동하는 노란 승합차들로 붐볐다.
특정한 과목을 내세운 학원 차량은 다양한 간판과 홍보용 스티커를
붙이고 다닌다. 마침 그때가 어린이집이나 유치원이 파하는 시간이

기도 해서 노란 버스와 승용차들이 서로 엉키기 십상이다.

드디어 눈을 크게 뜬 보물이네 버스 귀퉁이가 승용차 뒤로 슬쩍 보였다. 보물이가 다니는 어린이집 버스 앞에는 한쪽 눈을 동그랗게 뜨고 다른 쪽 눈은 찡긋 감고 있는 그림이 붙어 있다. 나는 정차하는 버스 문 앞으로 다가갔다. 문이 열리고 가방을 멘 보물이가 무엇이 재미있는지 깔깔거리며 연신 뒤돌아보면서 내렸다.

"보물아, 잘 가. 내일 만나자 똥꾸빵꾸야. 하하하."

버스 안에서 수정이가 고개를 빼더니 커다란 소리로 깔깔거렸다.

"알았어. 이 엉덩이 똥꾸빵꾸야. 히히히. 잘 가!"

보물이도 하얗게 웃으며 상기된 목소리로 맞장구쳤다.

요맘때 아이들은 왜 그렇게 '방귀', '엉덩이', '똥' 등의 단어에 관심을 두는지 그리고 무엇이 그렇게 즐거운지, 어떤 상상을 하고 깔깔거리는지 궁금해서 몇 번 물어본 적이 있다. 보물이의 대답은 "그냥 웃겨. 하하하."였다.

"아, 덥다. 해님, 입이 더워. 시원하고 달콤한 것, 뭐 없을까?"

버스에서 내린 보물이가 손부채를 만들어 입가 주변을 펄럭이면서 물었다.

"그래? 그럼 우리 체육관 매점에 가서 아이스크림 사 먹을까?"

"좋아. 해님! 그럼 우리 저기 체육관까지 누가 먼저 가나 경주하자."

말이 끝나기도 전에 보물이는 달리기 시작했다. 네댓 살쯤 아이들의 특징이기도 하지만 보물이는 여섯 살이 된 지금도 무엇이든지 일

등을 해야 직성이 풀린다. 그래서 일부러 한 발 늦게 도착하거나 져 주면서 "와, 진짜 빠르다. 학교 다니는 언니야 같아. 해님은 못 따라가겠어. 보물이가 이겼어." 하고 폭풍칭찬을 해 준다. 그러면 좋아서 "해님은 어른이라서 뼈가 딱딱해서 그래. 어린이는 뼈가 부드러워서 달리기를 잘하거든. 히히." 하면서 우쭐대며 즐거워한다.

예전에 어린이집에서 근무할 때, 편을 나누어 겨루기할 때에도 자기네 편이 지면 울고불고 난리를 치는 아이가 있었다. 그 아이의 경쟁심이 특별히 심했다. 한번은 두 편으로 나누어 달리기를 했는데 잘 달리다가 막판에 그 아이 편이 지고 말았다. 신이 나서 응원을 하던 그 아이가 갑자기 대성통곡하며 자기네가 이겼다고 우겼다. 따로 불러 설명했지만 소용이 없었다. 이럴 땐 시간이 필요하다.

"해님, 그런데 나 발레 하기 싫어."

아이스크림을 먹고 있던 보물이가 느닷없이 말했다.

"음? 발레 하기 싫다고? 보물아, 발레 하는 목요일이 빨리 왔으면 좋겠다고 했잖아? 보물이가 좋아하는 소영이랑 놀고 싶다고 기다렸으면서…"

"그런데 지금은 싫단 말이야."

얼굴에 어두운 그늘을 만들며 기운 없이 말했다. 보물이의 심각한 얼굴을 살피며 무슨 이유일까 생각을 빠르게 더듬으면서 물었다.

"보물아, 왜 마음이 바뀌었는지 말해 줄 수 있을까? 말을 하지 않으면 해님이 도와줄 수가 없거든."

눈을 내리깔고 시무룩하게 앉아 있던 보물이가 잠시 후 의자에서 일어나며 매점 휴게실 안을 둘러보더니 내 귀에 대고 속삭였다.

"해님, 나는 그 노란 드레스 입은 언니가 싫어. 무서워!"

"노란 드레스? 누구? 노란 발레복 입은 아연이 언니?"

보물이가 눈을 내리깔며 조용히 고개를 끄덕였다.

지난주였다. 그날도 발레교실에 일찍 도착한 보물이가 함께 어린이집에 다니는 소영이와 술래잡기를 하며 신나게 놀았다. 발레선생님이 오시고, 수업이 시작되려고 하는데 보물이가 나에게 달려들었다.

"해님, 나 발레 안 할 거야. 싫어. 히이잉!"

갑자기 왜 그럴까? 왜 또 하기 싫다는 걸까? 정말 발레가 싫은 걸까? 몇 가지 의문을 떠올리며 보물이를 보았다. 보물이는 눈물을 흘리며 내게 폭 안겼다.

"그래? 그럼 나가자. 다른 친구들은 발레를 해야 하니까."

규칙상 발레 수업을 하는 동안 보호자들은 교실 밖에서 기다려야 했다.

"해님, 여기 이렇게 해님이 나를 안고 있으면 안 돼? 해님이랑 구경만 하고 싶어."

그렇다면 발레가 싫은 것은 아닌 것 같고, 무엇 때문인지 궁금해한 채 선생님에게 양해를 구하고 보물이를 안았다. 살펴보니 50분 동안 보물이는 친구들의 동작과 선생님의 발레 교습 내용을 꼼꼼히 보고 있었다. 그렇게 수업이 끝나고 보물이 발레복을 벗기고 옷을 갈아입히며 다시 물었다.

"보물아, 발레 어떤 게 싫어? 동작이 어려워서 따라 하기 힘들어?"

힘없이 고개를 가로젓던 보물이가 옆을 보더니 내 귀에 대고 속삭였다.

"아니. 발레는 좋은데, 나는 저 노란 드레스 입은 언니가 싫어!"

고개를 돌려 보니 노란 발레복을 벗고 있는 아이가 있었다.

"왜? 보물이보다 언니 같은데? 저 언니가 너를 괴롭혔어?"

"아니, 치마 만지지 말라고 소리를 질렀어. 그래서 무서워, 히잉."

소리에 특히 예민한 보물이가 호기심에 그 아이 드레스를 만졌다가 아이들 특유의 제지를 당했구나 싶었다. 나는 보물이 옷 입는 것을 도우며 옆에 있는 아이에게 웃으며 물었다.

"어머, 노란 드레스가 예쁘구나! 몇 살이야?"

잘 벗어지지 않는 노란 발레복을 아래로 잡아당기던 아이가 고개를 들었다.

"일곱 살이에요. 그런데 이제 12월에 동생이 생겨요. 헤헤."

멈칫하던 그 아이가 차츰 긴장을 풀며 대답했다. 함께 앉아 있던 보호자의 배를 살짝 보니 제법 불룩했다. 나는 눈인사를 보내며 한층 더 살갑게 말을 이어갔다.

"어머나! 좋겠다. 그러면 누나가 되는 거야, 언니가 되는 거야? 우리 보물이는 혼자야. 안녕하세요? 아까 보니 발레를 잘하네요. 발레한 지 오래됐나 봐요?"

"아, 네. 작년부터 했어요. 올해는 제가 임신 초기에 힘들어서 오늘 등록했어요."

앗! 그렇다면 작년에 보물이랑 함께 발레를 했던 언니 중 한 명이겠구나! 갑자기 머리가 띵 하면서 보물이의 기억력과 뒤끝 작렬에 선뜩한 느낌이 들었다.

사실, 보물이는 작년 5월에 발레교실에 다니다가 3주 만에 그만두었다. 3월에 시작한 유아발레는 4시, 5시 두 개 반을 운영했다. 그런데 5세를 대상으로 한 4시반은 보물이 귀가 차량 시간과 맞지 않아 오후 5시반에 등록했다. 5시반은 6, 7세 대상이었는데 보물이 나이와 맞지는 않았지만 5세 어린이도 서너 명 있다고 해서 결정했다.

두 달이나 늦게 들어간 데다 보물이가 낯가림이 있어 우려했는데 첫날은 다행히 즐겁게 잘 다녀왔다. 그런데 두 번째 수업에 다녀오면서 보물이가 가기 싫다고 했다. 이유를 물으니 언니들이 자기한테 인사도 하지 않고 또 무섭다고 했다. 하긴, 보물이보다 발육이 출중한 언니들이 이미 친해져서 이리저리 몰려다니며 놀고 있었다. 그래도 보물이 또래가 몇 명 있으니 적응하면 괜찮으리라 생각했는데 아니었다.

"오, 그랬구나! 우리 보물이도 작년에 발레 잠깐 했었어. 이름이 뭐야?"

"아연이요. 나는 누나가 될 거예요. 내 생일은 크리스마스날에요. 히히."

몸피가 얄팍한 아연이도 낯가림 때문인지 힘들어하는 엄마 곁에 꼭 붙어 있었다.

"보물아, 인사하자. 아연이 언니래…."

보물이를 당겨 아연이와 마주 보게 했다. 그러나 보물이도 아연이도 서로 쳐다보고만 있었다. 아연이 역시 혼자라 너스레가 없다고 엄마가 귀띔해 주었다.

"어? 보물아, 아이스크림이 녹아서 흘러내리네…. 그런데 보물아, 지난주에 아연이 언니와 서로 인사했잖아. 아연이 언니는 보물이 싫어하지 않는 것 같은데?"

아이스크림이 흘러내린 보물이 손을 물휴지로 닦으며 재차 물었다.

"보물아, 그 노란 드레스가 예뻐서 만졌어? 보물이는 핑크색을 좋아하잖아?"

얼굴을 잔뜩 찌푸리고 앉아 있던 보물이가 아무도 없는 주위를 다시 한 번 살펴보더니 용기를 내어 내 귀에 비밀스럽게 속삭였다.

"으음, 어저께 말고, 전에 그 언니 치마를 밟았어. 실수로…. 실수로 그랬어. 힝."

보물이가 눈물을 흘리며 목이 차서 울었다. 아, 그거였구나! 순간, 의혹이 풀리며 이야기가 장면처럼 눈앞에 펼쳐졌다.

그러니까 작년에 발레수업 두 번째 날, 실수로 아연이 발레 치마를 보물이가 밟은 것이다. 물론 아연이는 무심결에 "야! 내 치마 왜 밟

아?" 했을 것이고, 가뜩이나 낯설고 두려운 언니들 속에서, 보물이는
큰 소리에 놀라 주눅이 든 것이리라. 그런데 지난주 그 언니를 딱 만
났으니 얼마나 무섭고 두려웠을까? 더구나 실수하는 자신을 이해하
지 않으려는 보물이가 말이다.

"보물아, 걱정하지 마. 아연이 언니는 보물이가 실수한 것 기억도
못 해. 보물아! 우리 젤리 하나 사서 아연이 언니와 화해하자. 어때?"

보물이 눈물을 닦고 안아 주며 상냥하게 말했다.

"해님, 해님이 하면 안 돼? 나는 그 아연이 언니가 너무 무서워…."

"보물아, 사람은 누구나 실수를 해. 그런데 용기 내서 먼저 사과하
는 건 아주 훌륭한 일이야. 우리 보물이가 많이 힘들었겠구나. 그럼
해님이 옆에서 도와줄까?"

"좋아. 그럼 해님이 내 옆에 꼭 있어야 해. 알았지?"

한결 기운을 차린 보물이가 언제 울었냐는 듯 매점으로 뛰어 들어
가더니 젤리 한 봉지를 집었다. 그러고는 힘차게 계단을 올라 발레교
실로 향했다.

발레교실에 들어서니 마침 노란 발레복을 입은 아연이가 엄마 옆
에 서 있었다.

"아연아! 보물이가 전에 네 치마 밟은 건 실수한 거래. 그래서 사과
한다네?"

보물이가 아연이 앞에 섰다. 그리고 조심스레 젤리 든 손을 아연이
에게 내밀었다.

"미안해, 히잉…. 이거…."

보물이가 두렵고 괴로웠던 상처가 회상됐는지 또 울컥하며 울먹울먹했다.

"어? 내가 좋아하는 젤리네. 고마워. 히히."

아연이는 보물이가 왜 울먹이는지 잘 모르겠지만 어떻든 젤리를 받으며 웃었다. 그 웃음소리에 힘을 얻은 보물이가 덩달아 활짝 웃으며 흥분한 목소리로 말했다.

"하하하, 언니, 우리 달리기 경주하자. 자, 여기서 출발! 하하하."

그래, 상처는 상처 입은 사람이 먼저 손을 내밀고 치유를 위해 노력해야 한다. 왜냐하면 상처 준 사람은 자신이 한 행동을 기억하지 못할 수도 있으니까.

달랑 달랑

⋮

언제나 그렇지는 않지만 오늘 보수교육은 졸렸다. 특히 무더운 여름 월요일, 그것도 점심을 먹고 난 후에 듣는 강의는 더욱더 나른하다. 자꾸 내려오는 눈꺼풀의 무게를 감당하기 힘들어 무음으로 설정해 놓은 핸드폰을 슬쩍 앞으로 당기며 애써 눈에 힘을 주었다. 현장의 고충을 잘 모르는 강사는 듣는 사람들의 반응은 아랑곳하지 않고 자랑하듯 원론만 나열하고 있었다.

"뭔 소린지, 그래서 어쩌라는 거야? 그렇게 답답하면 알아듣기 쉽게 설명을 하시든가. 태반이 졸고 있구먼. 혼자 열변을 토하고 있네 그려…."

옆에 앉아서 핸드폰을 들여다보던 나이 지긋한 선생님이 내 움직임을 보고 한마디 툭 던졌다. 나는 피식 웃으며 핸드폰 뚜껑을 열었다.

"어? '톡'이 와 있었네."

소리 안 나게 혼잣말하며 검지로 '키즈노트'라고 쓰인 이모티콘을 눌렀다. 요즈음 어린이집에서 많이 사용하는 '키즈노트'는 어린이집과 부모의 연락망인데 보물이 엄마와 돌봄선생님을 하고 있는 내가 동시에 등록되어 있다.

'어머님~. 우리 보물이한테 이런 일이 생겨서 많이 속상하셨죠? 저도 놀라고 마음이 계속 쓰였답니다. 어머님의 이야기를 듣고….'

으잉? 뭐야? 그렇다면 보물이 엄마가 보물이 담임선생님한테 전화했다는 거잖아? 지난 금요일 담임선생님과 통화로 일단락 지은 건데…. 오! 이렇게 되면 일이 커지는 것 아닐까? 잠이 확 깨며 머리가 무거워졌다.

금요일 오후, 어린이집에서 귀가한 보물이가 아이스바를 핥으며 말했다.

"해님, 그런데 오늘 서희 언니가 내 머리띠를 달라고 했어."

"그래? 서희 언니도 보물이 머리띠가 예쁘다고 생각했구나?"

보물이 머리 위에 얹혀 있는, 머리띠 끝이 귀걸이처럼 달랑대는 모양을 보며 무심코 응수하다가 어두워진 보물이 표정을 보고 얼른 방향을 바꾸었다.

"그래서 보물이 생각은 어땠어?"

"으음, 나는 주기 싫었어. 내가 제일 예뻐하는 귀걸이 머리띠잖아. 그런데 서희 언니가 서희 언니 가방에 내 머리띠를 넣었어. 히잉…!"

아이스바 핥던 동작을 멈추더니 금세 눈에 물을 만들어 냈다.

"보물이가 속상했겠구나! 보물아, 그러면 싫다고 네 마음을 말하지 그랬어?"

보물이 얼굴을 마주하며 손가락 틈새로 흘러내리는 물기를 닦아 주었다.

"그렇지만 서희 언니는 일곱 살이잖아. 그러니까 나는 말을 못 해. 이이잉!"

일반적으로 6세 반은 20명이 정원인데 미달되었는지 보물이네 어린이집에서는 6, 7세 혼합반을 운영하고 있다. 그 때문에 같은 반에 7세 아이들이 대여섯 명 있는데 서희는 그중 한 명일 것이다.

"보물아, 그러면 선생님한테 도움을 청하지 그랬어?"

"으음, 그래서 내가 선생님한테 말했어. 그래서 서희 언니가 다시 줬어."

말을 마친 보물이가 다 먹은 아이스바 막대를 내게 건네며 벌떡 일어났다. 어떻게 된 사정인지 좀 더 듣고 싶었지만, 블록을 바닥에 왈칵 쏟아 놓으며 놀이를 시작하려는 보물이를 보고 궁금증을 눌렀다.

탁자 위에서 핸드폰이 진동했다. 누굴까? 받아 보니 보물이 담임선생님이었다.

"해님, 오늘 보물이가 조금 속상한 일이 있었어요. 아무래도 해님이 알고 계셔야 할 것 같아 전화 드렸어요. 오늘 보물이가 예쁜 머리띠를 하고 왔잖아요…."

아침 등원 차량에서 내린 보물이가 자기 머리띠를 서희 언니가 가져갔다고 담임선생님에게 말했다. 그러나 차량에서 내린 아이들을 맞이한 후 바로 간식시간이라서 담임선생님은 간식시간이 끝나고 각자 영역 활동에 들어간 후에야 둘을 불러 이야기를 나누었다. 서희는 조금 있다가 다시 주려고 했는데 깜박했다고 말했고, 그래도 갖고 싶었냐고 재차 담임선생님이 물었더니 갖고 싶었다고 말했단다.

그랬을 것이다. 신기한 것을 보면 호기심이 발동하고 마음에 드는 것을 갖고 싶어 하는 것은 아이들의 지극히 당연한 욕구다. 특히 이 시기의 아이들은 자기중심적이다. 나누거나 양보하는 것이 잘 안 된다. 싸우고 화해하는 경험을 반복하며 공동생활의 규칙을 알게 된다. 그 때문에 반복하는 경험이 명쾌해지도록 돕는 것이 어른들의 역할이다.

한편 보물이는 서희 언니가 가져간 머리띠가 걱정이 되어 마침 간식을 들고 온 조리사 선생님한테 자기 사정을 말했고, 그래도 해결이 안 되니까 손 씻으러 화장실에 가다가 만난 옆 반 선생님에게도 말했다. 담임선생님은 서희가 보물이에게 머리띠를 돌려주고 사과하며 안아 주는 것으로 잘 마무리했다고 말했다.

담임선생님 말을 들으며 어린이집의 일과와 아이들의 모습이 영화 필름처럼 펼쳐지며 지나갔다. 그건 5년 전까지만 해도 나의 일상이었다.

"선생님! 바쁘신데 애쓰셨어요. 서희가 어떤 악의를 가지고 했다고는 생각하지 않아요. 아쉬운 게 있다면 오전 시간 동안 보물이가 마음이 상해서 울적했을 게 안타까운 거지요. 단체생활이니 이해해야지요. 제가 보물이와 또 이야기해 볼게요.”

“네네. 저도 그게 죄송해요. 해님께서 이해해 주시니 고맙습니다. 그럼 안녕히…”

주말이면 보물이 엄마에게 보물이가 한 주 동안 어떻게 지냈는지를 몇 장의 사진과 함께 간략하게 ‘톡’으로 전한다. 말하자면 내 나름의 활동 보고다. 나는 보물이가 어려울 때 누군가에게 도움을 청한 용기에 박수를 보내고 싶었다. 마침 그날은 보물이 엄마의 늦은 귀가로 아빠에게 보물이를 인계했고 토요일에야 ‘톡’으로 간략하게 그 내용을 보물이 엄마에게 알렸다.

벽시계가 3시 10분 전을 향해 깜박거렸다. 강사는 이제 휴식 시간을 줄 것이다. 나는 손가락을 움직여 보물이 엄마에게 보냈던 ‘톡’을 다시 읽어 보았다.

‘어제 보물이가 달랑이는 머리띠를 하고 갔는데 서희 언니가 자기 가방에 넣었답니다. 서희 언니가 일곱 살이니까 싫다고 말을 할 수 없었다네요. ㅋㅋ. 담임샘 말을 들어보니 아침 차량에서 그랬다고 해요. 오전 간식을 먹고 난 후에야 둘을 따로 불러 충분하게 대화를 나눴답니다. 물론 화해하고 돌려받았겠지요. 그 시간까지 보물이가 속상해서 조리사 샘, 김 샘한테까지 얘기를 했답니다. 보물이 뒤끝 작열이잖아요? ㅎㅎ. 여기서 핵심은 보물이가 어려울 때 누군가에게 도움을 청할 수 있다는 것이겠지요? 격려해 주고 장려해 주어야 합니다. 주말 즐겁게 보내셔요~~^^.'

추측해 보았다. 평상시 같으면 보물이에게 몇 마디 물어보고 넘어갔을 것이다. 그런데 보물이 엄마가 담임선생님에게 전화했다. 그렇다면 직장에서 잠깐 한가한 틈을 타서 궁금한 것을 물었을 것이다. 요즈음 세상이 어떤 세상인가? 한 아이 물건을 기운 센 아이가 빼앗거나 여럿이 몰려가 폭력을 가하거나 왕따를 시킨다는 뉴스가 거의 날마다 들린다. 자녀를 둔 부모들은 한시도 마음 놓을 수 없는 세상이다. 보물이 엄마는 설마 하면서도 혹시 하는 마음에 담임선생님에게 물었을 것이다. 그런데 담임선생님이 '톡'을 했다는 건 만족할 만큼의 대화를 서로 나누지 못한 것이리라. 아마 일하는 현장이 서로 바빠서일 것이다.

"자, 선생님들! 피곤하시죠? 8시간을 꼬박 앉아 있는 게 힘들 거예요. 나이 지긋하신 선생님들이 많으셔서…. 그럼 10분 쉬고 다시 하겠…."

강사의 말이 채 끝나기도 전에 의자 밀치는 소리가 시끄럽게 들렸다.

그래. 담임선생님이 부담스러웠겠다. 힘든 설명을 두 번이나 해야 했으니. 어떻게 위로해 줄까? 금요일 저녁 보물이 엄마를 만나지 못한 채 내가 주말에 쉬었고 월요일에는 교육 참석으로 또 못 만났으니 보물이 엄마 역시 궁금했으리라.

어린이집 운영 삼십여 년을 돌아보면 젊은 교사들은 학부모와 통화하거나 대면해서 대화 나누는 것을 부담스러워했다. 각자 기질이 다르고 사는 환경이 다른 아이들이 모여 생활하는 어린이집에서는 다툼이나 사고가 생길 수 있다. 물론 그런 일이 없어야 하겠지만 쉼 없이 움직이는 아이들의 사고는 찰나에 일어나기 십상이다. 그럴 때, 아이의 상태를 걱정해야겠지만 자기방어부터 하게 된다. 누구나 그렇겠지만 추궁당하기 두려운 것이리라. 아니, 우리의 삶이 달랑달랑, 위협받고 있는 것은 아닐까? 안전, 빈곤, 경쟁으로부터….

존중하며 함께 어울려 사는 세상은 정말 요원한 것일까?

"샘! 뭘 그렇게 심각하게 생각하고 있어요? 졸리니 나가서 커피나 마십시다."

옆에 앉아 있던 샘의 걸걸한 목소리에 잦아들던 의식에 퍼뜩 활기가 돌았다.

보름달

:
:

      어느새 어둠이 내려앉았을까? 진초록으로 보이던 산자락이 검측한 그늘을 만들고 있었다. 그리고 보니 어깨에도 써늘한 기운이 느껴졌다. 나는 식판이 오른 쟁반을 들고 소파 앞으로 갔다.

    "자, 공주님! 드디어 맛있는 요리가 나왔습니다. 여기 브로콜리도 있고 공주님이 좋아하는 고기도 있답니다. 맛있게 드실까요?"

    탁자 위에 쟁반을 올려놓으며 TV를 보고 있는 보물이의 시선을 당겨 보았다.

    "에이, 해님! 나는 공주가 아니라니까. 그리고 이제 고기는 싫어. 치킨이 좋아."

    식판에는 눈길도 주지 않은 채 보물이가 투정 어린 목소리로 툭, 던졌다.

"그래? 이제 공주 안 할 거야? 그럼 뭐라고 불러?"

"그냥 예쁜 이보물! 공주는 시시해. 요리도 못 하고 힘도 안 세잖아."

"아하, 생각이 또 바뀌었구나? 좋아. 예쁜 보물아, 밥 많이 먹고 힘 세져라. 얍!"

보물이 손에 숟갈을 쥐여 주고 베란다로 나왔다. 거실로 들어오는 찬기를 막으려면 바깥 창을 닫아야 했다. 슬리퍼를 발에 꿰고 한 걸음 내디뎠다. 아, 달이다! 저절로 입이 벌어지며 소리가 새어 나왔다. 컴컴한 산등성이 위를 환하게 밝히며 달이 휘영청 솟아오르고 있었다. 어쩜 저렇게 맑고 휘황할까?

"보물아, 이리 나와 봐! 빨리!"

나도 모르게 목소리가 높아졌다.

"왜? 무서운 거 있어?"

보물이가 내 소리에 화들짝 놀라 뛰어나오다가 멈칫하고 선 채 물었다. 보물이 손을 잡아 바깥 창 앞에 보물이를 세우며 손가락을 높이 올렸다.

"저것 봐! 달이야. 환한 것 보이지?"

"그러네. 해님, 보름달이야. 우아!"

그래. 보름달. 일 년 중 가장 달이 크고 밝다는 팔월대보름. 이렇게 밝은 보름달을 보면 생각나는 아이가 있다.

삼십여 년 전이다. 산동네에 있는 어린이집에서 근무할 때, 꼭 이맘때였다. 추석을 보내고 난 후 아이들을 모아 놓고 명절을 어떻게 보냈는지 이야기를 나누는 시간이었다.

"친구들! 맛있는 송편도 많이 먹고 달님에게 소원도 빌었나요?"

내 말이 떨어지자 아이들이 저마다 인상 깊었던 명절 이야기를 떠들어대기 시작했다. 소통을 경험하게 하려면 한 사람씩 발표하고 이야기를 들어야 하겠지만, 사십여 명이나 되는 아이들의 이야기를 차례로 듣는 것은 무리였다. 그럴 때면 아이들이 하고 싶은 이야기를 하도록 잠시 기다렸다. 귀를 활짝 열어 둔 채.

그때였다.

"선생님!"

한 아이가 우렁찬 목소리로 손을 번쩍 들고 의자에서 일어났다. 냄새가 난다고 아이들이 함께 놀려고 하지 않는 영식이었다.

"그래. 영식아…."

"선생님, 나는 보름달을 백 개나 봤어요."

자신 있게 힘주어서 하는 말에 시끄럽던 소리가 잦아들며 모든 시선이 영식이에게 쏠렸다. 한쪽에서는 실없는 영식이가 또 무슨 소리 하는 거냐, 달이 하나지 무슨 백 개냐며 시큰둥해하는 아이들도 있었다.

"우리 집 마당에서 봤는데요, 시골 우리 할머니 집 마당에서도 봤어요. 그리고 뒷동산에 올라갔더니 거기에도 있었고요, 냇가에도 있었어요. 또 세숫대야에서 봤고요, 우리 할아버지 술잔에도 있었어요. 내 동생 눈에도 있고요, 그리고…."

그날 나는 영식이의 뛰어난 관찰력과 감수성에 감동했다. 풋풋한 교사였던 내게 만감이 교차하게 했던, 감성이 예민하고 풍부했던 그 아이는 지금 무엇을 하며 살고 있을까? 중년이 되어 가고 있을 그는, 잘 살고 있을까?

"해님, 해님은 저 달에 뭐가 있을 것 같아?"

보물이가 잡았던 내 손을 흔들며 물었다. 아득히 먼 나라의 추억을 회상하고 있던 나는 보물이가 어떤 의도로 질문한 것인지 궁금해 되물었다.

"엉? 으음, 보물이는 어떻게 생각해?"

"으음, 나는 토끼가 살고 있는 것 같아. 그런데 해님, 정말 토끼가 있어?"

아마 어린이집이나 누군가에게 달에서 토끼가 떡방아를 찧고 있다는 전래이야기를 들었나 본데 믿기지 않는다는 표정이었다. 나는 절구에 방아를 찧어 쌀가루로 떡을 만들었던 조상님들의 생활 모습을 실감 나게 각색해 들려주었다.

"보물아, 한가윗날에 둥그런 달님한테 소원을 빌면 소원이 이루어진다는데 우리 같이 소원을 빌어 볼까?"

"좋아. 그럼 해님부터 소원을 빌어 봐."

내 소원이 무엇인지 궁금하기도 하지만, 어떻게 하는 것인지 살펴보고 하려는 속셈인 것 같았다. 나는 보물이의 모델이 될 것을 의식하며 손을 모으고 주문을 걸었다.

"달님, 달님! 제 소원을 들어주세요. 저는 재미있는 이야기를 쓰는 작가가 되고 싶어요. 그래서 힘들어하는 사람들이 제 이야기를 읽고 힘을 얻게 해 주세요."

둥근 달을 바라보며 두 손을 모으고 진지한 목소리로 기원했다.

"이번에는 내 차례야? 으음, 달님! 나는 달리기도 잘하고 요리도 잘하는 발레리나스케이트 선수가 되고 싶어요. 그리고 힘이 아주 세져서 악당들을 다 물리치게 해 주세요."

눈을 깜작깜작하며 두 손을 마주 잡고 진심을 다해 소원을 빌고 난 보물이가 눈을 뜨더니 어깨를 내려트리며 휴우 하며 숨을 몰아쉬었다. 자기 속마음을 털어놓고 나니 시원하기도 하고, 허전하고 쑥스럽기도 한 것이리라.

"해님, 그러면 해님이 재미있는 이야기를 써서 제일 먼저, 으음, 나한테 보여 줘. 그러면 내가 해님한테 맛있는 김치찌개를 끓여 줄게. 해님, 김치찌개 좋아하지?"

보물이가 활기를 되찾으려고 자신 있게 대화의 거래를 시도했다.

"우아! 해님이 김치찌개 좋아하는 것 어떻게 알았지? 맛있게 끓여 줄 거야?"

보물이의 허할 것 같은 마음에 생기를 넣어 주려고, 큰소리로 과장

되게 부풀리며 보물이 얼굴을 자랑스럽게 바라보았다.

"당연하지! 내가 해님을 사랑하니까, 해님이 김치찌개 좋아하는 거다 알지."

"그래? 나도 보물이를 사랑하니까 보물이가 달리기도 잘하고 요리도 잘하는, 아주 힘이 센 발레리나스케이트 선수가 되고 싶은 거 잘알지. 그리고 보물이가 달콤한 젤리를 좋아하는 것도 다 알거든."

"우헤헤. 역시 해님이 최고야. 해님은 나의 어른 친구야. 해님, 그러면 내가 발레리나스케이트 하는 거 초대장 보내면 올 거야?"

"물론이지. 내가 보물이를 얼마나 사랑하는데. 꼭 갈게 초대장 보내. 알았지?"

"하하하. 알았어. 역시 우리는 한 팀이야. 헤헤헤."

보물이가 기꺼운 기분을 못 이기겠다는 듯 내게로 와 안기더니 깡충깡충 뛰었다. 나도 덩달아 보물이를 꼭 끌어안고 맴을 돌며 경중경중 뛰었다. 휘영청 달빛도 우리가 사랑스러운 듯 푸근하게 감싸 안아주었다.

외계인

:

　　　　　　　귀가한 보물이의 가방 지퍼를 열었다. 후
줄근한 종이가 반으로 접혀 있었다. 나는 무심히 꺼냈다. 종이에는
심한 구김이 있었다. 펼쳐 보았다. 색연필로 무언가 그려져 있었다.
얼른 보기에 사람 같은 모양이 세 명 서 있었다.

　아니다. 사람인가 했는데, 얼굴로 보이는 동그라미 안에 눈이 보
이지 않았다. 초록색으로 칠해진 동그라미 가운데에 점으로 표시한
코와 활짝 웃는 입은 있었다. 자세히 살펴보니 동그라미 위로 긴 막
대사탕 같은 것이 두 개 있고 네 개도 있으며 작은 것에는 한 개가
그려져 있었다. 뿔일까? 더듬이일까? 그런데 눈은 왜 없을까? 사람
이 아닌가? 서 있기는 하지만 은행잎을 거꾸로 놓은 것 같은 긴 치
마가 그려져 있을 뿐 다리는 보이지 않았다. 그렇다고 동물도 아닌
것 같았다.

"보물아, 이게 뭐야? 보물이가 그린 그림이야?"

옷을 벗어 거실 바닥에 던져 놓고 양말을 벗으려고 안간힘을 쓰고 있는 보물이에게 종이를 들어 보이며 물었다.

"어떤 거? 해님, 그거 이리 줘!"

고개를 들어 쳐다보던 보물이가 벌떡 일어나더니 내 손에서 종이를 빼앗았다. 그리고 번개같이 빠르게 구겨서 던져 버렸다.

"오마나! 보물아…?"

"해님, 한기린이가 나보고 그림 못 그린대. 히히잉."

오잉? 이건 또 무슨 소리? 보물이는 끄적거리는 것을 좋아해서 아기 때부터 연필 종류를 잘 가지고 놀았다. 내가 메모하고 놓아두는 볼펜을 시작으로 연필, 사인펜, 매직펜, 색연필, 크레파스, 파스텔, 파스넷, 물감 등 종이 위에 쓸 수 있는 다양한 필기구를 경험하도록 도왔다. 그래서인지 그림을 곧잘 그렸다. 특히 보물이가 좋아하는 공주들은 날로 그 모습이 세밀하고 화려하게 표현되었다.

"해님, 내가 공주 그려 줄까?"

"흐흐, 좋아. 아주 예쁘고 멋있는 공주로 그려 주세요."

"으음, 알았어. 그럼 어떤 머리를 해 줄까? 엘사 머리를 해 줄까 아니면 오로라공주처럼 이렇게 꼬부라진 머리를 그릴까, 아니면 라푼 젤처럼 긴 머리를 그릴까?"

"으응. 나는 달팽이처럼 양옆으로 꼬부라지는 오로라공주 머리가 좋아."

"알았어. 그럼 눈은 어떤 눈으로 해 줄까? 이런 체리 눈? 아니면 반짝이는 눈?"

보물이는 스케치북 한끝에 세 가지 머리 모양을 그렸다. 그리고 작은 동그라미 중심에 짧은 선을 위로 그어 체리 모양을 그리고 다시 조금 큰 동그라미 속에 작은 동그라미 세 개를 그려 넣으며 내 의견을 물었다.

"당연히 나는 눈동자가 있는 반짝이는 아름다운 눈이지."

"알았어. 드레스에는 예쁜 튤립으로 무늬를 그려 줄게. 왕관도 쓰고 손가락에는 보석반지도 끼고 뾰족구두도 신겨야지…."

보물이의 즐거운 끄적거리기 놀이는 날로 발전했다. 어린이집에서도 친구들이 보물이에게 그림을 그려 달라는 부탁을 많이 한다고 들었다. 그런데 한기린한테 못 그린다는 소리를 들었으니 보물이가 속상할 만도 했겠다.

"보물아, 한기린이가 어떻게 말했는데 보물이가 화가 났어?"

"으음, 한기린이가 나보고 외계인을 그려 달라고 했어. 그래서 내가 젤리외계인을 그려 줬거든. 그런데 못생겼대. 히이잉, 나보고 그림 못 그린다고 했어…."

아하, 그렇다면 이것은 사람이 아니라 외계인이었구나! 어쩐지 보물이가 평상시에 그리던 사람 스타일이 아니다 싶었다.

"그랬구나! 보물이가 속상했겠다. 한기린이가 왜 그런 소리를 했을까?"

"으음, 오소영이랑 서수정이랑 나 보고 그림 잘 그린다고, 맨날 맨날 자꾸 공주 그려 달라고 하는데…."

그렇겠지. 여자아이는 대부분 여자나 공주를 좋아하고 남자아이들은 로봇이나 외계인에 관심이 많다. 그동안 보물이는 주로 공주를 많이 그리지 않았던가?

"보물아, 보물이는 외계인 본 적 있어?"

훌쩍이는 보물이 콧물을 물휴지로 닦아 주며 미소 띤 얼굴로 물었다.

"음, 봤어. TV에서…."

"으음, 봤구나. 그런데 보물아, 진짜 외계인을 본 사람은 없을 거야. 왜냐하면 외계인은 우리가 사는 지구에 살고 있지 않거든. 그러니까 아무도 못 봤지."

"그래? 그럼 그 외계인은 누구야? 해님도 만화 봤잖아?"

"봤지. 그 TV 만화에 나오는 외계인은 그 만화를 그린 사람이 이렇게 생겼을 거라고 생각해서 그린거야. 그러니까 보물이가 본 외계인과 한기린이가 본 외계인은 다를 수 있겠지? 왜냐하면 사람들 얼굴이 다 다르듯이 생각도 다르거든."

맑은 눈으로 나를 한참 응시하던 보물이가 안심이 되는지 정색하며 물었다.

"그래? 그럼 내가 그림을 못 그리는 게 아니야?"

"당연하지. 우리 보물이가 그림 그리는 것을 얼마나 좋아하는데.

그리고 그림은 못 그리는 게 없어. 생각이 달라서 다르게 나타날 뿐
이야."

"해님, 그럼 한기린이가 본 외계인은 어떤 거야?"

"그거야 모르지. 해님이 한기린 생각을 모르니까."

"그럼 한기린한테 어떻게 생긴 외계인을 봤냐고 물어봐야지. 으음,
그런데 그래도 한기린이가 나한테 그림 못 그린다고 말하면 어떻게
해?"

아직도 불안한 기운이 남아 있는지 조금은 자신감 없는 목소리로
물었다.

"음…. 그럴 때는 '한기린! 네가 생각한 것을 네가 그려 볼래?' 하고
예쁜 목소리로 말하면 어떨까?"

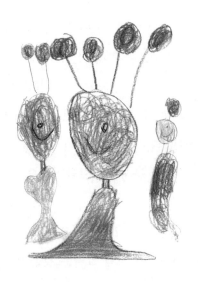

구겨서 공처럼 던져진 종이를 조심스럽게 펴며 보물이가 그린 젤리 외계인을 살펴보았다.

"보물아, 이 머리 위에 있는 건 무엇을 그린 거야?"

"으음, 그건 외계인 눈이야. 외계인은 눈이 전등처럼 위에 있어서 모든 것을 다 볼 수 있지. 그리고 이렇게 위에서 빛이 나와서 컴컴한 곳도 다 볼 수 있어. 어때?"

"와우! 훌륭해. 그런데 이 외계인은 누구야?"

제일 크게 그려진 것을 손가락으로 짚으며 물었다.

"그건 당연히 힘이 센 아빠 외계인이지. 이건 엄마 그리고 여기 작은 외계인은 아기야. 그런데 이 외계인의 몸은 젤리로 만들어졌기 때문에 자꾸 변신해."

"아하! 그래서 다리가 안 보이는구나? 젤리처럼 흐물흐물해서?"

"음, 그래서 키가 커다랗게 늘어났다가 아주 조그맣게 줄어들어서 악당이 쳐들어왔을 때 숨으면 절대 못 찾아. 먼지처럼 아주 작게 변신해서 숨으니까…."

그렇구나. 보물이 생각나라에는 악당이 있고 그 악당을 물리쳐야 하는 영웅이 있구나. 그런데 보물이가 그 영웅이 되어 악당들을 물리치고 싶은 마음도 있지만 그 악당들에게 잡힐까 두려운 마음도 있는 것이다.

"보물아, 보물이는 뭐가 되고 싶어?"

"으음, 나는 힘이 세서 악당을 다 물리치고, 달리기도 잘하는 발레리나스케이트 선수가 되고 싶어.”

"좋아. 수리수리 마수리, 블링블링 샬랄라! 보물이는 힘이 세고 달리기도 잘하는 발레리나스케이트 선수가 되거라! 얍!"

나는 옆에 있던 보물이 장난감 요술봉을 집어 들고 빙글빙글 돌리며 신들린 마법사처럼 주문을 걸었다.

"으하하하, 역시 해님은 나의 소중한 어른 친구야. 헤헤헤."

만족한 웃음을 띠고 바라보던 보물이가 품속으로 파고들며 나를 꼭 끌어안았다. 보물이의 심장 뛰는 소리가 전류처럼 내 가슴으로 흘러들어 온몸으로 퍼져 갔다.

쉿,
비밀이야!

:

"자, 지금부터 이보물 양의 물놀이가 시작
되겠습니다."

"해님, 나 수영 안 할거거든? 오늘은 삼총사들 목욕도 시켜야 하고
약초도 만들어야 해. 그리고 세차도 하고 세차장 청소도 해야 해서
바쁘단 말야."

이런 장면은 목욕할 때 보여 주는 보물이의 일상이다. 목욕하기를
좋아하지 않는 보물이에게 목욕탕을 놀이 공간으로 생각하게 하는
나의 유도작전이다. 오늘도 물샴푸를 풀어 욕조와 화장실 벽을 닦다
가 힘들다며 같이 하자고 할 것 같다.

"해님, 나의 삼총사를 우선 보내 줘."

보물이가 욕조 안으로 들어가며 요구하는 첫 번째 지시 사항이다.

"아, 넷! 그런데 삼총사는 세 명이어야 하는데 모두 일곱 명이나 되

는데요?"

"해님, 얘네는 모두 내 친구이고 우리 반 이름이 삼총사야. 알았
지?"

그래. 덧셈 공부가 아닌 다음에야 칠총사를 삼총사로 부른들 그게
뭐 대수겠는가. 일곱 개의 칫솔이 친구를 상징하는 이름이라는데 문
제가 될 것은 없다. 보물이가 상상력을 발휘해 행복한 시간을 가질
수 있으면 그것으로 충분하다. 나는 선반에 있던 칫솔 일곱 개를 보
물이에게 주었다.

보물이가 사용하는 칫솔에는 여러 가지 캐릭터가 그려져 있다. 디
즈니 만화에 나오는 다양한 공주와 동물, 로봇과 입체감 있는 문양
까지 어린이들을 유혹하며 판매되는 것들이다. 그런데 살짝 마모된

칫솔을 그냥 버리기가 아까워 칫솔 3개로 시작한 놀이가 '삼총사 놀이'다.

"아이구, 우리 패티가 감기에 걸렸구나? 그럼 내가 신비한 약초를 만들어 줄게. 그걸 마시면 금방 나을 거야. 해님, 여기 인어공주 바가지에 찬물 좀 줘. 내가 신비의 약초를 만들어야 하니까. 그리고 복숭아 향기가 나는 샴푸를 넣어야 해."

보물이의 두 번째 지시다. 보물이가 만드는 신비의 약초는 찬물에 샴푸와 물비누를 넣어 제조하는 것인데 그 이름이 수시로 바뀌며 창의력을 발현시킨다.

"넷. 여기 있습니다. 그런데 인어공주를 저렇게 두면 감기 걸리지 않을까요?"

인어공주가 그려진 양동이 모양의 플라스틱 그릇에 찬물을 조금 부어 담으며 욕조 난간에 떨어질 듯 걸쳐 있는 인어공주 칫솔을 보고 말했다.

"해님, 걱정하지 마. 인어공주는 물속에서 살기 때문에 저렇게 물밖에 있어도 절대 감기에 안 걸려. 왜냐하면 햇빛이 따듯하게 비치니까. 여기 찬물 더 많이 줘."

"아, 그렇구나. 그런데 보물아, 더운물을 섞으면 안 될까? 보물이가 찬물을 많이 만져서 감기 걸리면 어떻게 해?"

"해님, 나는 지금 덥거든? 그리고 삼총사들이 세차하려면 찬물이 많이 필요해.

자, 패티야. 이 약초를 먹으렴. 그러면 금방 나을 거야. 옳지, 옳지! 이번에는 여기에 이걸 넣고 이렇게 쉐키쉐키 해서 맛있는 주스가 완성! 손님, 먹어 보세요.”

오잉? 어느새 또 주스 가게로 변신했구나. 나는 얼른 병뚜껑을 받아 들었다.

“오마나! 이건 무엇으로 만들었나요? 아주 맛이 달콤하고 상큼한데요?”

“헤헤. 네. 이것은 복숭아로 만든 복숭아주스랍니다. 어때요? 복숭아 향기가 나죠? 그런데 손님한테는 특별히 레몬을 넣었어요. 손님은 레몬을 좋아하잖아요?”

“오마나! 제가 새콤한 레몬을 좋아하는 건 어떻게 알았어요? 대단하세요!”

“하하하, 그거야 내가 해님을 사랑하니까, 해님이 좋아하는 거 당연히 알지!”

“맞아. 보물이는 달콤한 맛을 좋아하지? 그래서 젤리를 좋아하지? 나도 보물이를 사랑하니까, 보물이가 무엇을 좋아하는지 당연히 잘 알지. 흐흐!”

보물이가 물비누를 넣고 칫솔로 휘저어 물의 움직임을 한참 관찰하더니 약초가 금세 주스로 변신한 것이다.

이렇게 매 순간 바뀌는 상상 놀이의 상대역을 하며, 이것저것 눈에 띄는 대로 지시하는 물건들을 대령하며, 부지런히 보물이 머리를 적서 샴푸를 덧칠했다.

"해님, 나, 해님한테 할 말 있어. 그런데 이건 비밀이야."

갑자기 보물이가 고개를 돌리고 목소리를 낮추며 내 귀에 속삭였다. 뭘까? 순간, 멈칫했다. 그러나 애써 태연스럽게 긴 머릿결을 문질러 거품 내는 손놀림을 계속하며 따듯한 목소리로 반응했다.

"무슨 말인데?"

"이따가 아무도 없는 데서 말해 줄게."

보물이의 얼굴이 어두워지며 심각한 표정으로 바뀌었다. '여기도 아무도 없는데?'라는 말이 나오려는 것을 꾹 참았다.

"그래…."

무심한 척 보물이의 머리를 헹궜다. 머릿속에 온갖 생각이 왔다 갔다 했다. 그러고 보니 오늘 귀가한 보물이의 행동들이 떠올랐다. 별일도 없는데 큰 소리로 노래를 부르고, 이 방 저 방 들락거리며 손에 집히는 대로 보다가 던져 놓고. 뭐랄까? 약간 흥분한 모습이었다. 어린이집에서 놀이 활동으로 '키즈카페'를 다녀오더니 기분이 좋은 것일까? 아니면 너무 많이 놀아서 피곤한 것일까? 몸은 지쳐도 잠자기 싫어하는 때가 이즈음이라, 오늘 즐거웠나 보다 하면서도 왠지 석연치 않았다.

목욕을 마친 보물이 피부에 로션을 듬뿍 바르고 옷을 입혔다. 보물이는 잊은 듯, 여느 날처럼 TV에 시선을 꽂은 채 내복에 팔을 넣으라면 넣고 당기라면 당겼다. 보물이가 비밀이야기를 안 해 주면 어쩌나 조바심하며 머리카락을 드라이기로 말려 머리띠로 고정했다.

"자, 이제 다 됐다. 보물아, 개운해서 기분 좋지?"

내 목소리에 생각났다는 듯 앉아 있던 보물이가 벌떡 일어났다. 두 사람밖에 없는 거실 주변을 휙 살피고 나서 내 귓가에 입술을 대고 아주 작은 소리로 말했다

"해님! 그런데 내가 한기린 사과 가지고 왔어. 그래서 쓰레기통에 버렸어. 힝…."

아, 이건 또 무슨 뜻일까? 귓가에 간지러운 진동이 아직 남아 있는 것 같은 이 여운의 소리는? 사과를 쓰레기통에 버리다니? 아까 귀가 버스에서 내릴 때 보물이 손에도 가방에도 사과는 없었는데…. 나는 조용히 추적해 보기로 했다.

"그래? 보물아, 어디에 있는 쓰레기통에 버렸는데?"

곤혹스러운 표정을 짓던 보물이가 후다닥 주방에 있는 쓰레기통 앞에 가서 섰다.

"여기. 내가 여기다가 몰래 버렸어…. 히잉!"

나는 눈물 보이는 보물이를 우선 다독이며 미소 띤 얼굴로 말했다.

"보물아, 그럼 우리 같이 찾아 보자. 집에는 아무도 안 왔으니까 그대로 있을 거야. 해님이 뚜껑을 열어 볼 테니까 보물이가 찾을래?"

비닐봉지를 모으는 쓰레기통 아래 삐죽이 나와 있는 플라스틱 누름판에 발끝을 올려놓았다. 사과가 무거워서 밑으로 가라앉았을 텐데 과연 보물이 팔이 바닥까지 닿을 수 있을까 우려하며 가능한 한

뚜껑이 많이 젖히도록 힘차게 눌렀다.

두려운 듯 불안하게 흔들리는 것 같던 보물이의 작은 손이 반 젖힌 컴컴한 쓰레기통 안으로 쑥 들어가나 했는데, 어느새 활짝 핀 보물이의 목소리와 함께 손바닥에 빨갛고 희끗희끗한 무언가가 얹혀 있었다.

"여기 있다! 해님, 여기 있어. 헤헤."

"음? 이건 뭐야? 한기린 사진이잖아? 여기 이름도 있고…. 으응, 이름표구나?"

그렇다. 사과 모양의 종이 위에 사진을 붙이고 이름을 표기해 투명 비닐로 씌운 후 뒷면에 '찍찍이'를 붙여 생일이나 출석을 표시하는 알림판에 붙이는, 말하자면 이름표 같은 것이다.

아하! 난 또 뭐라고. 어? 그런데 교실 벽 환경판에나 붙어 있어야 할 이것을 보물이는 왜 가져 왔을까? 그 순간 의구심이 파도처럼 일어났다.

"아이, 다행이다. 어디 안 가고 쓰레기통에 있어서 우리 보물이가 찾았네."

태평한 척 목소리를 밝게 하며 보물이 표정을 살폈다. 환하게 빛났던 보물이 얼굴이 다시 어두워지며 눈에 눈물이 모이기 시작했다.

"해님, 이 한기린 사과, 다시 갖다 놓아야 하지만 나는 못 하겠어. 해님이 해."

보물이가 눈물을 흘리며 풀이 죽은 목소리로 말했다. 그것은 이미 자기가 잘못했다는 것을 알고, 돌려놓아야 한다는 것까지도 알고 있다는 것이다.

"그래? 한기린이가 알면 속상하겠다. 그치? 보물아, 그런데 왜 가져왔어?"

"히잉, 나는 한기린이가 싫어. 그래서 몰래 가져와서 버렸어. 히이잉."

한기린이가 싫다고? 얼마나 싫었으면 바른생활 원칙을 고수하는 보물이가 일탈을 했을까? 갑자기 뉴스로 듣게 되는 어두운 사건들이 파편처럼 날아들었다.

"그랬구나…! 보물아, 한기린이가 너를 괴롭히니? 해님은 왜 싫은지 궁금해."

"으음, 못생겼어. 그래서 나는 싫어!"

아이들이 못생겼다는 것은 싫다는 또 다른 표현임을 알지만 궁금해서 되물었다.

"해님이 보기에는 한기린이가 콧날도 오뚝하고 눈도 크고, 잘생겼던데?"

"해님! 한기린이는 이빨이 두 개나 빠졌어. 그래서 못생겼거든?"

으하하하! 그거였어? 웃음이 터져 나오려는 걸 꾹 참았다. 보물이의 얼굴이 너무 진지하고 심각했기 때문이다. 그 순간, 며칠 전 버스 차창으로 내다보며 벌쭉하니 웃고 있던 한기린 얼굴이 떠올랐다. 벌써 유치가 두 개나 빠져서 붉은 잇몸 뒤로 깊은 동굴이 도사리고 있는 듯했다. 그래. 상상력이 풍부한 보물이는 한기린의 빠진 이를 보고 입가에 피를 흘리는 드라큘라를 떠올렸을지도 모를 일이다.

"그랬구나! 우리 보물이가 힘들었겠네. 그러면 해님이 어떻게 도와줄까?"

보물이를 당겨 쓸어안으며 그동안 힘들었을 보물이의 가슴에 내 가슴을 꽉 밀착시켰다. 그리고 조용히 보물이의 심장 뛰는 소리를 헤아리고 있었다.

"해님, 내가 한기린한테 미안하다고 사과하면 한기린이 화를 내고 나를 싫어할 거야. 히히잉, 그러니까 해님이 몰래 갖다 놔. 응? 제발!"

"좋아. 보물아, 이번 한 번만 해님이 도와주는 거야. 그리고 다시는 어린이집에서 몰래 가져오지 않는다고 약속할 수 있어?"

"음, 약속할게. 그 대신 엄마한테도 선생님한테도 비밀이야. 절대 말하면 안 돼!"

"알았어. 말 안 할게. 자, 약속!"

새끼손가락을 내밀어 보물이 새끼손가락에 고리를 만들어 끼웠다.

"해님, 그런데 이거 어떻게 갖다 놓을 거야?"

보물이가 불안한지 걱정스런 얼굴로 나의 계획을 물었다.

"글쎄? 아! 내일 체육 시간이 있지? 너희 반 친구들이 모두 체육실에 갔을 때, 그때 몰래 들어가서 두고 올게. 어때, 그러면 되겠지?"

"으음. 해님, 우리 반 교실 알아? 원장님 방을 지나면 백조반 화살표시가 옆으로 있어. 거기에 들어가면 문 앞에 성이 있어. 거기에 붙이면 돼. 알았지? 그런데 백조반 교실에는 매트가 깔려 있지 않으니까 이렇게 살금살금 걸어야 해. 알았지?"

얼굴에 화색을 띠고 설명하던 보물이가 답답했던지 일어나 발뒤꿈치를 들고 살금살금 걸어가서 벽에 붙이는 모습을 보여 주었다.

"보물아, 걱정하지 마. 해님은 보물이네 교실 알아. 이렇게 걸으면 되지?"

보물이를 안심시키려고 보물이처럼 뒤꿈치를 들고 걷다가 TV에서 본 탐정처럼 고개를 이리저리 돌리며 살펴보는 흉내까지 냈다.

"음. 그런데 해님, 해님 핸드폰에 편지 써 놔. 깜빡하면 안 되니까. 빨리 써!"

치밀한 보물이의 독촉으로 핸드폰 메모장에 기록하고 보물이에게 보여 주었다. 그제야 마음이 놓이는지 보물이는 활짝 웃으며 소파로 올라가 껑충껑충 뛰었다.

다음 날 아침, 등원 버스를 타려고 내려가던 보물이가 갑자기 멈추더니 말했다.

"해님! 어제 약속한 것 깜빡 안 했지? 절대 선생님한테 말하면 안 돼! 비밀이야! 해님, 그런데 내 이름 옆에다 절대 붙이지 마. 다른 애 옆에다 붙여. 알았지?"

"알았어. 보물아, 해님은 약속 잘 지키지? 걱정하지 말고 재미있게 놀다 와."

마침 비탈길을 올라오는 버스를 보며 보물이를 꼭 안고 안심시켰다. 그리고 차량에서 내린 다른 반 선생님과 인사를 나누는 척하며 이름표를 슬쩍 그 선생님 손에 쥐여 주었다. 담임선생님에게 전화할 테니 전해 달라고 부탁하면서….

오후, 귀가 차량에서 내린 보물이가 달려와 안겼다. 그리고 말했다.

"해님! 해님이 강대현 옆에다 한기린 이름표 붙였지? 내가 다 봤어. 하하하."

보물이의 밝은 웃음소리가 늦가을에 펼쳐진 파란 하늘 밑에서 메아리쳤다.

그래, 보물아. 힘들 때, 혼자 해결하기 어려울 때, 마음에 담아 두지 말고 주위에 있는 누군가에게 도움을 청하렴. 그것이 보물이를 쑥쑥 자라게 하는 힘이 될 거야. 하얀 이를 드러내고 있는 보물이 얼굴에서 성큼 자라고 있는 모습을 보며 설레는 내 마음을 들여다봤다.

동네 자연 놀이

⋮

       초가을이라지만 오후 햇살은 따끈했다. 버스정류장 간이 지붕이 만들어 놓은 그늘로 얼른 내 그림자를 숨겼다. 한결 시원했다.

  혹시나 하는 마음에 고개를 돌려 왼편 차도를 보았다. 줄지어 달려오는 승용차 뒤로 노란색 버스가 힐끗 보였다. 어? 벌써 오나? 몸을 뒤로 젖히며 고개를 뽑아 보았다. 아! 아니다. 가까이 다가오는 버스는 대형버스였다. 그 노란색 대형버스가 천천히 내 앞으로 오더니 정차했다. 그리고 문을 열어 배낭을 짊어진 할머니 대여섯 분을 내려놓고는 슬그머니 가버렸다.

  "아이구, 아이구 다리야…. 에휴, 되다."

  "아이구, 허리야. 그런데 이 산골짜기에 언제 이렇게 많은 아파트가 생긴겨?"

버스에서 내린 할머니 한 분이 허리를 펴며 새삼스럽게 주변을 둘러보았다. 그 말을 되받은 할머니가 아이구구 소리를 연신 중얼대며 "그러게 말이지, 이럴 줄 누가 알았누." 하며 솟아 있는 아파트들을 멍하니 보더니 무릎께를 엉거주춤 짚었다.

한 할머니가 무엇이 생각났는지 모두를 제지하더니 배낭에서 부스럭거리며 무언가를 꺼내 나누어 주었다. 슬쩍 넘겨보니 풋고추였다. 아마 가을걷이하는 밭에서 붉은 고추를 따내고 난 나머지를 훑어 온 모양이다. 힘들게 농사지은 거 잘 먹겠다는 치사와 내일 또 보자는 인사를 반복하다가 각자 발걸음을 돌렸다. 분명히 복지회관에서 노래도 부르고 춤이나 요가도 하고 오는 길일 것이다.

들고 있던 핸드폰을 열어 습관처럼 시계를 보았다. 아직 4시다. 예정대로라면 15분을 더 기다려야 한다. 이럴 때 대부분 핸드폰을 열어 이런저런 정보를 뒤지지만 오늘은 청명한 가을 햇살이 좋아 선 채로 주변을 둘러보았다.

산자락이 병풍처럼 둘러쳐진 채 완만하게 구불거리며 마을을 이루고 있는 이 동네에는 골을 따라 높게 더러는 야트막하게 아파트 단지가 조성되어 있다. 최근에 규제가 풀렸는지 골짜기 입구마다 빌라가 신축되고 왕복 이 차선 도로였던 차도를 조금씩 넓히는 작업도 진행되고 있다. 마을 가운데를 휘돌며 흐르는 긴 개울 한편에서는 산책로와 자전거 도로를 만드는 공사도 이루어지고 있다.

드디어 보물이네 노란 버스가 내 앞에 섰다. 문이 열리고 선생님이 내렸다.

"안녕하세요? 오늘 보물이 발레 하러 가는 날이죠? 그런데 보물이가 피곤한가 봐요. 조금 졸았어요."

보물이가 부스스한 얼굴로 말없이 버스 계단을 내려와 내 앞에 섰다.

"아, 그래요? 수고하….'

대로변이라 오래 머물 수 없는 버스가 내 인사말을 재빠르게 엔진 소리로 빨아들이며 휑하니 우리 앞을 지나갔다. 줄지어 기다리던 승용차 서너 대가 그 뒤를 바짝 뒤쫓아 달렸다.

"보물아, 졸리니? 우리 보물이가 낮잠을 안 자서 피곤한가 보구나?"

"해님, 나 안 졸립거든?"

보물이가 초췌한 얼굴을 잔뜩 찌푸리며 도전적인 어투로 언성을 높였다.

"음? 보물아, 어디 불편하니?"

"히잉. 해님, 나 꼴찌로 내리기 싫어. 나 두 번째로 내리면 안 돼? 나 혼자 있으면 졸립단 말야. 그런데 나 자기 싫어. 자면 무서운 꿈 꾸니까 싫어, 히히잉…."

아, 그러고 보니 아까 버스 안이 휑뎅그렁하더니 아무도 없었구나. 보통 때 같으면 대여섯 명이 조잘대며 있는데 오늘은 아마 이런저런 사정으로 보물이 혼자 왔나 보다. 말없이 맥 놓고 홀로 앉아 있다 보니 졸음이 왔을 것이고 졸다 깨니 왠지 서럽고 허망했을 것이다.

"그랬구나! 우리 보물이가 심심했겠네. 보물아, 한기린이랑 곽시후랑 안 탔어?"

"아니, 탔지만 걔네는 다 내렸잖아. 그러니까 해님이 나 데리러 오면 안 돼?"

그래. 집에 간다고 버스에 오를 땐 신나게 떠들며 탔다가 하나둘 내리고 나면 혼자일 때가 있다. 그럴 때 경험이 많은 교사는 혼자 남은 아이 옆에 앉는다. 그리고 창밖으로 보이는 풍경을 주제로 삼아 대화하거나 어린이집 단체생활에서 쌓인 감정의 찌꺼기들을 꺼내 그 아이의 마음을 환하게 털어 준다.

어린이집에 근무할 때 나는 얌전하고 말을 잘 하지 않는 아이들에게 더 눈길을 주었다. 활발한 아이들은 문제를 표출해서 도와줄 수 있지만 자기표현을 하지 않는 아이들은 지원이 되지 않아 상처를 입을 수 있기 때문이다.

"보물아, 그런데 오늘 발레 수업 하루 쉰대. 선생님이 발표회 하러 가신대. 보물이네도 다음 달에 발표회 하잖아. 그러니까 우리 날씨도 좋은데 바람 쐬러 갈까?"

보물이의 띵한 기분을 풀어 보려고 다정하게 제안했다.

"그래? 좋아. 그럼 우리 더운데 시원한 아이스크림 하나 먹으면서 가자. 음?"

언제 졸았냐는 듯 금세 하얀 이를 드러내며 옆에 있는 편의점으로 나를 끌었다. 하긴, 에어컨을 틀지 않는 버스 안이 더워서 보물이가 땀을 흘렸을 만도 하겠다. 보물이 가방을 어깨에 걸치고 편의점 안으로 들어갔다.

시원한 편의점 안에서 아이스크림 하나를 다 먹고 나와서인지 스치는 바람조차 한결 상쾌한 느낌이다. 고개를 들어보니 높은 하늘이 푸르고 투명했다. 흰 구름이 한가롭게 두둥실 떠 있고, 멀리 보이는 산등성이는 싱싱했던 초록빛을 어느새 붉은색으로 조금씩 바꾸고 있었다. 꼭, 내가 어릴 때 보았던 술 취한 이웃집 아저씨의 코끝 같다.

"보물아, 아이스크림 먹고 나니 시원하지? 우리 저기 개울에 가 볼까? 가서 물소리 들으며 발도 담그고 혹시 청둥오리나 물고기가 있나 살펴보는 건 어떨까?"

보물이에게 또 다른 세상, 우리가 함께해야 할 자연을 알려 주고 싶었다. 그래서 아기 때부터 유모차에 태우고 다니며 시야에 잡히는 것들을 독백처럼 들려주었다. 걷게 되면서부터는 공터에도 가고 밭에도 가고 새롭게 조성된 가로공원에도 수시로 갔다. 또 신기한 것이 있으면 핸드폰으로 촬영해서 보여 주곤 했다.

"해님, 그런데 물속에 뱀이 있으면 어떻게 해. 나 무서워!"

"뱀? 보물아 물뱀은 넓은 바다나 깊은 강에 있어. 여기는 강보다 작은 시내야."

아! 혹시 보물이가 그것을 기억하는 것일까?

얼마 전 장마철에 소용돌이치며 계곡에서 쏟아져 내려오는 흙탕물이 하도 장엄하기에 동영상으로 찍어 보여 주었다. 그러면서 팔뚝보다 굵은 커다란 구렁이가 떠내려가는 것을 보았다는 이웃 할머니의 이야기를 곁들여 들려주었다.

"보물아, 전에 해님이 찍어서 보여 준 동영상은 비가 많이 왔을 때 찍은 거라서 물이 많았던 거야. 지금은 제일 깊은 곳이 요만큼, 해님 무릎 정도야."

보물이는 조심성이 많은 편이다. 뱀뿐만 아니라 낯선 곳, 낯선 사람 앞에서도 긴장한다. 물론 요맘때 아이들은 새로운 것에 호기심을 보이면서도 두려워한다. 그러나 보물이는 두려워하는 마음이 호기심을 가로막는다.

"해님, 그럼 유쌤도 와? 나, 겨울에 썰매 탄 거 진짜 재미있었어. 또 타고 싶다!"

"흐흐, 유쌤은 어린이집에서 친구들이랑 놀고 있을 거야."

유쌤이란 내 동생을 말한다. 뒤늦게 유아교육을 전공하고 가까운 어린이집에서 교사로 활동하고 있다. 올해 초 눈이 많이 내린 날, 보물이를 데리고 냇가에 왔었다. 한파가 계속되었는데 눈이 내려서인지 날이 춥지 않아 겨울 풍경도 보고 눈싸움도 해 보려는 가벼운 마음으로 개울가에 왔다. 그런데 겨울방학을 맞아 학교에 가지 않은 동네 아이들이 서로 끌어주고, 더러는 떠밀고 낄낄대며 썰매를 타고 있었다. 문득, 어린 시절이 떠올랐다.

와우! 황금 같은 이런 기회를 어떻게 놓칠 수 있겠는가? 나는 만만한 동생에게 지원 요청을 했다. 마침 휴가인 동생에게 집에 있는 비닐 돗자리를 들고나오라고 해서는 보물이를 번갈아 태우고 놀았다. 사실 20kg이 넘는 보물이를 태우고 얼음판 위에서 끌어당기며 달리는 일은 보통 힘든 일이 아니다. 그런데 보물이는 아랑곳하지 않고 "해 님, 엉덩이 마사지하는 것 같아. 와, 헤헤헤. 빨리, 더 빨리!" 하며 재미있다고 깔깔대면서 자꾸 더 태워 달라고 했다. 힘에 부치고 어깨도 아프지만, 무엇보다 얼음판에서 미끄러져 뼈가 다칠까 봐 전전긍긍했다. 결국 구두를 벗어 던지고 양말 바람으로 투혼을 펼쳤는데 다행히 보물이에게 즐거운 기억으로 자리매김했나 보다. 그거면 됐다.

"보물아, 그럼 우리 예쁜 들꽃이나 보러 갈까?"
이럴 때는 유연한 방향 전환이 필요하다.
"좋아. 그러면 해님이 내 손 꼭 잡아. 절대 놓으면 안 돼. 알았지?"
보물이의 손을 잡고 천천히 걸으며 흘러내리는 가방끈을 아랑곳않고 떠들며 지나가는 초등학생들과 밭에 있는 옥수수 등 주변을 탐색하도록 시선을 끌었다.
살랑살랑 방울이 굴러가는 듯한 물소리가 들려오는 냇가 둔덕에 도착하니 뭉텅이 뭉텅이 모여 발을 담그고 물속을 들여다보며 놀고 있는 아이들이 보였다. 다리 밑 그늘에는 오후 수업 시간을 피해 모여 있는 고등학생 대여섯도 있었다.
"오마나! 보물아, 이것 봐. 민들레꽃이 여기 피어 있네. 다른 민들레꽃은 다 씨가 되어 날아갔는데 얘는 혼자 씩씩하게 있어."

"음? 그러게. 해님, 얘는 심심하겠다. 친구들이 없어서. 그런데 밤에는 무섭겠지?"

보물이가 걱정이 되는지 주먹을 쥐고 쪼그리고 앉아 유심히 들여다보았다.

"보물아, 걱정하지 마. 왜냐하면 밤에는 달님이 환하게 지켜 줄 거거든."

"그래? 그러면 해님도 나를 지켜 줄 거야?"

"당연하지. 엄마랑 아빠도 보물이를 지켜 주고, 해님도 지켜 줄 거야."

"그래? 그런데 해님, 나는 민들레꽃은 예쁜데 이제 싫어. 왜냐하면 의사선생님이 꽃가루나 민들레 씨가 내 몸을 가렵게 하는 거래. 가려운 거 너무 무서워."

그랬다. 지난봄, 보물이는 꽃가루 알레르기 때문에 병원 다니며 가려움증으로 고생했고 얼마 전에는 모기에 물려 된통 홍역을 치렀다. 가뜩이나 예민한 반응을 보였던 보물이가 더욱 민감해진 것이다.

"그래. 그때 많이 힘들었지? 그럼 우리 예쁜 꽃으로 손톱에 물들여 볼까?"

"손톱에? 그럼 엄마처럼 매니큐어 하는 거야?"

"그렇지. 자, 그럼 노란색으로 할까 분홍색으로 할까? 아니면 검은색으로 할까?"

길섶에 피어 있는 여러 가지 들꽃과 동네 사람들이 심어 놓은 꽃들을 둘러보며 보물이가 자연과 친숙해지도록 놀이로 안내했다.

"해님, 그러면 해님이 다른 데 묻지 않게 내 손톱에만 칠해 줘야 해. 알았지? 으음, 나는 당연히 핑크색이지. 그런데 노란색도 좋아. 검은색은 싫어."

눈에 띄는 대로 꽃잎 한두 장씩 뜯어 만져 보거나 냄새를 맡게 하고 돌멩이로 두어 번 짓찧어 팥알만 한 보물이 손톱에 조심스럽게 얹으며 말했다.

"네. 손님. 우선 봉선화는 여기 아빠 손가락에 그리고 노란 채송화는 엄마 손가락에 그리고 파란색 달개비는 오빠 손가락에 깨꽃은 언니 손가락에 그리고 아기 손가락에는 보라색 과꽃을 놓겠습니다. 자, 어떤가요? 손님, 마음에 드시나요?"

"흐흐흐, 예쁘다. 마음에 들어…. 해님, 그런데 나 언제까지 이러고 있어야 해?"

손가락 다섯 개를 단풍잎처럼 벌리고 호기심에 즐거워하던 보물이가 갑자기 무슨 생각이 들었는지 나를 바라보며 구원을 요청했다.

"음? 보물아, 벌써 재미없어졌어?"

아무리 훌륭한 계획안이라도 학습자가 관심을 보이지 않으면 전환해야 한다는 것을 경험으로 알기 때문에 오늘 자연 놀이는 여기까지 해야겠다고 생각하며 물었다.

"아니, 재미있어. 해님, 그런데 여기 모기 없어? 모기약 팔찌 가지고 왔냐고…."

"아하! 당연히 가지고 왔지. 그런데 꽃이 많은 곳에는 벌이 있어. 혹시 벌이 꽃냄새인 줄 알고 보물이한테 갈까 봐 패치 안 붙여 준 거야. 그럼 우리 냇가로 갈까?"

보물이 손을 잡고 새롭게 잘 조성된 돌계단을 내려갔다. 냇물 중간을 가로지르는 널찍한 징검다리 위쪽에서 송사리를 잡았는지 신발 주머니 같은 것들을 들어 올렸다 내렸다 하며 문득문득 와, 와, 소리를 지르며 떠드는 초등학생들이 있었다. 가방들은 저만치에 던져져 있었다.

"보물아, 저기 언니 오빠들이 물고기 잡았나 보다. 가서 보여 달라고 할까?"

"좋아. 해님, 몇 마리 잡았나 우리 빨리 가 보자."

갑자기 보물이 손에 힘이 들어가며 나를 잡아끌었다. 끌리다시피 하며 아이들이 모여 있는 징검다리 위쪽을 향해 뜀박질 시동을 걸었다.

그때였다. 갑자기 왁자하게 떠드는 소리가 들리더니 징검다리 아래쪽 그늘에서 한 남학생을 필두로 세 명이 우르르, 우렁찬 소리를 지르며 이쪽으로 달려오고 있었다. 그늘에 앉아 있는 나머지 몇몇은 뛰어가는 친구들을 향해 손뼉을 치며 껄껄거렸다. 그 기세에 보물이가 잡은 손에 힘을 주고 움찔하며 섰다.

"야야, 라면 건 거야! 느이들, 딴소리만 해봣…!"

한 학생을 시작으로 달려오던 고등학생들이 징검다리 아래 깊은 물웅덩이로 연거푸 뛰어내렸다. 그 찰나, 모든 것이 멈췄다. 고기를 잡던 아이들도 징검다리 위를 건너가던 사람도 그리고 보물이와 나도, 모두 그대로 멈췄다.

"으~악!, 차가웟, 아웃…!"

찰나의 적막을 찢으며 키가 제일 크고 삐쩍 마른 학생이 곧장 징검다리 위로 훌쩍 뛰어올랐다. 몸피에 찰싹 달라붙은 옷가지에서 물줄기가 주르르 소리를 내며 징검다리 위로 쏟아졌다. 곧이어 한 명 그리고 또 한 명이 마저 올라왔다.

"아~웃 춰춰춰! 으으읏, 내 잠바 내 잠바! 아흐, 야, 생쥐가 따로 없다. 히히."

"으하하핫, 내가 이겼다. 아~우, 추워. 야, 왜 이렇게 차갑냐, 엉? 으흐흐."

몸을 타고 쏟아져 흘러내리는 물줄기는 아랑곳 않고 잔뜩 어깨를 웅크려 끌어안은 채 쫄딱 젖은 꼴을 보며 서로 큰소리로 낄낄댔다.

"아이고, 얘들아. 다 저녁때 지금 물이 얼마나 차가운데…. 아이고, 이놈들아, 감기 들겠다. 하핫핫!"

징검다리 위에 어정쩡하게 서서 이 광경을 보고 있던 나이 지긋한 아주머니의 걱정 반, 부러움 반이 섞인 꾸짖음에 모두 낄낄거리기 시작했다. 와르르, 까르르.

넘어가려던 햇살이 앞산 머리끝에서 모두를 내려다보고 있는데 보물이가 내 귀에 조심스럽게 속삭였다.

"해님, 오빠들이 오줌 싸는 것 같아, 히히히히!"

야야야,
내 나이가 어때서

:

"야~야야, 내 나이가 어때서, 사랑에 나이
가 있나요~."

오잉? 이건 또 무슨 소릴까? 어린이집에서 귀가한 보물이 가방을
정리하려는데 리듬이 있는 작은 웅얼거림이 들려 왔다. 고개를 돌려
보니, 보물이가 옷이랑 양말을 벗어젖히며 무심히 부르는 노래였다.

어? 뭐지? 보물이네 엄마 아빠가 엊저녁에 TV에서 가요 프로그램
을 보았을까? 아니면 아이들이 어린이집에서 유행으로 따라 부르는
것인가? 하긴, 얼마 전까지만 해도 보물이는 아이돌이 부른다는 '사
랑을 했다'를 열창하기도 했다.

"사랑을 했다, 우리가 만나 지우지 못할 추억이 됐다.

볼 만한 멜로드라마 괜찮은 결말, 그거면 됐다 널 사랑했다~."

인터넷이나 언론 매체에서 요즘 국민동요라고 지칭하기도 하지만,

처음에 보물이가 흥얼거릴 때는 무슨 소리인가 했다. 목 안에 잔뜩 힘을 주어 누르는 듯한 소리, 졸리면서도 끈적하게 읊조리는 음색으로 무슨 내용인지 노랫말도 전달이 잘 안 됐다.

"보물아, 그건 뭐야? 처음 듣는 노래 같은데? 어디서 배웠어?"

"으음 해님, 이건 '사랑을 했다'야. 우리 반 곽시후는 되게 잘해."

"그래? 어디 찾아보자."

도대체 원가수는 어떻게 불렀기에 보물이가 저렇게 흉내를 낼까 하고 핸드폰으로 검색해 보았다.

아! 탈진한 몸을 질질 끌고 가는 듯한, 그러면서도 은근하게 젖어 드는 코맹맹이 소리로 사랑을 끝낸 이야기를 담담하게 노래하고 있었다. 참 특이한 창법이라고 생각하며 무심하게 넘겼다.

며칠 후 학교 앞을 지나가는데 이 검질긴 노래를 부르는 아이를 많이 발견하게 됐다. 참, 아이들은 재주도 좋다! 어떻게 이 이상한 마력의 목소리를 그럴듯하게 흉내 내는 것일까? 학교 수업을 마친 초등학생들이 흘러내리는 가방끈은 아랑곳하지 않고 혼자서 더러는 두셋이 신발주머니를 흔들며 독백하듯 이 노래를 흥얼거렸다. 유행이란 참…!

그런데 오늘 보물이가 부르는 이 노래는 나도 잘 아는 멜로디다. 노년으로 접어든 사람이라도 사랑에는 절대 적령기가 있을 수 없다는 절절한 심정을 호소하는 노래여서 많은 사람이 좋아한다. 멜로디도 어렵지 않고 특히, 노랫말이 현실성이 있어서 나이가 많으신 어르신이 애창곡으로 즐겨 듣고 부르는 노래다.

"보물아, 보물이는 그 노래 어떻게 알아?"

궁금증을 참지 못하고 의구심이 가득한 목소리로 물었다.

"음? '내 나이가 어때서'? 이거 어린이집에서…."

보물이는 별일 아니라는 듯, 한쪽 발에 걸쳐 있던 양말을 힘주어 벗어 던지더니 심드렁하게 대답하며 일어섰다.

"어린이집에서? 누가?"

보물이 가방에서 도시락 주머니를 꺼내려던 손을 놓고 재차 물었다.

"아잇 참! 해님, 이 노래는 카세트에서 나오는 노래거든? 춤추는 노래야."

춤을 춘다고? 카세트? 아하! 알겠다. 지난 주말 가정통신문에 복지관에서 바자회를 한다고 쓰지 않는 물건이 있으면 보내라고 하더니, 아마 잔치에 찬조 출연을 하는 모양이라고 직감했다.

어린이집에 근무할 때가 생각났다. 일하는 부모들의 원활한 사회활동을 돕는 것을 첫 번째 목적으로 설정하고 어린이집을 운영할 때였다. 동네를 위해 할 수 있는 일이 뭐가 없을까 고민하다가 고적하게 사는 어르신들을 모시고 잔치를 열 계획을 세웠다.

잔치란 모름지기 음식과 함께 흥을 돋워야 하는데 어린아이들이 어르신과 함께 할 수 있는 게 많지 않았다. 궁여지책으로 어르신들이 좋아하는 빠른 템포의 노래에다 아이들의 율동을 얹어 보여 드렸다. 의외로 반응이 뜨거워 해마다 연례행사로 진행했다.

"그래? 그럼 보물아, 춤 한번 춰 볼래? 어떻게 추는 거야?"

칸칸이 주머니에 꽂아 놓았던 낱말카드를 한 움큼씩 뽑아 날리고 있는 보물이를 안타깝게 쳐다보며 요청했다.

"해님, 나는 지금 단풍잎을 날리고 있거든? 어때? 근사하지? 우~ 아! 하하하."

그래. 지금 춤추고 싶지 않다는 거지? 좋아. 그런데 거실 가득 뿌린 저 낱말카드를 다 정리하려면 어떤 놀이가 좋을까 궁리하며 빈 도시락을 꺼냈다.

운동을 따로 하지 않는 나는 보물이를 어린이집 등원 버스에 태워 보내고 나면 걷기 시작한다. 의사들은 나이가 들수록 근육운동을 해야 한다고 권하지만, 실내에서 하는 운동이 왠지 답답해서 밖에서 걷는 것으로 대신한다.

오늘도 전형적인 가을 햇살에 몸을 담그고 먼 산이 색깔 잔치를 벌이는 풍경을 보며 걸었다. 청아한 소리를 내며 흘러가는 개울물 소리에 귀를 말끔하게 닦고, 고개를 넘으면 만나는 동산에서 애잔하게 피어 있는 들꽃을 핸드폰 카메라에 담기도 한다. 역시, 쑥부쟁이는 소담스럽게 모여 있는 것이 제멋이다. 그러나 가끔 벌개미취가 새초롬하게 혼자 오뚝 솟아있는 것을 만날 때는 적적할 것 같아 왠지 마음 쓰이고 눈길이 듬뿍 가기도 했다.

복지관 앞에 다다르니 마당이 시끌벅적했다. 잔치는 11시부터라는데 준비하느라고 노란 조끼를 입은 행사 진행요원들이 바쁘게 움직이고 있었다. 무대가 설치된 뒤쪽은 커다란 현수막으로 가렸고 중앙에는 의자 백여 개가 놓여 있었다. 간단한 바자회려니 생각했는데, 관공서에서 공무원들도 참석하는가보다 추측하며 부지런히 도서관으로 발길을 향했다.

도서관에서 돌아와 어린이집 귀가 버스를 기다리며 문득 궁금해졌다. 보물이가 오늘 사람들이 많이 쳐다보는 무대에서 제대로 율동을 했을까? 혹시 부끄러워서 가만히 서 있다가 내려오지는 않았을까? 진작 가볼 걸 하는 후회가 밀려오면서 예전에 진행했던 어르신들 잔칫날이 생각났다. 어느 해였던가, 무대에서 처음부터 끝까지 차렷 자세로 서 있었던 아이가 떠올랐다. 그 아이 엄마가 직장에서 반차를 쓰고 와서는 아이 이름을 부르며 무대 앞에서 열심히 응원했는데, 그것이 그만 그 아이를 꼼짝 못 하고 서 있게 만들었다.

무거운 엔진 소리를 내며 버스가 올라오고 활짝 웃는 보물이가 폴
짝 내렸다.

"해님! 헤헤헤."

"오, 보물아. 재미있게 지냈어? 선생님, 안녕하세요? 오늘 행사 치
르느라 힘드셨죠?"

"아, 아니에요. 오늘 보물이가 춤을 제일 잘 췄어요. 어떻게들 하나
궁금해서 잠깐 가서 봤거든요. 그런데 보물이가 정말 신나게 잘하더
라고요. 모두 놀랐어요."

작년에 보물이 담임을 했던 선생님이라 수줍음이 많은 보물이를
잘 알고 있었다.

"그래요? 아후, 다행이네요. 그렇지 않아도 궁금했거든요. 아무튼
감사합니다."

버스가 돌아 내려가는 것을 보고 확인차 보물이에게 물었다.

"보물아, 오늘 어땠어? 재미있었어? 바자회 잔치에 사람들 많이 왔
지?"

"음, 그런데 나 또 하고 싶어. 여기 팔에다 장미꽃도 달았어. 그런데
해님, 오소영이는 자꾸 틀려서 나를 보고 따라 했어. 흐흐흐."

보물이가 좋아하는 소영이가 자기가 하는 대로 율동 동작을 따라
한 것이 우쭐해서 좋은 건지, 사람들 앞에서 춤을 춘 것이 기분 좋은
건지, 하여간 기꺼워했다. 보물이가 낯가림을 극복했으면 하던 터라
박수를 치고 환호하며 칭찬을 아끼지 않았다. 그리고 궁금해할 보물

이 엄마에게 선생님이 전해 준 소식과 저녁에 귀가하면 폭풍칭찬해 줄 것을 간단하게 문자로 보내고 올라왔다.

"또끼똑!"

집에 들어와 가방을 정리하고 보물이에게 줄 포도를 씻고 있는데 핸드폰에서 신호음이 들렸다. 뭐지? 어? 보물이 엄마가 '톡'을 보냈네?

'해님, 담임 샘이 보낸 동영상이에요. 용량이 커서 내 메일로 보낸 것을 압축한 건데 보세요. 정말 보물이가 잘하긴 하는데요! ㅎㅎ.'

그래? 어디 봐야지. 손가락에 힘을 톡, 주었다. 압축이 풀어지며 무대 위에서 하얀색 상의와 진한 색 바지를 입은 이십여 명의 아이들이 팔에 붉은 꽃송이를 팔찌처럼 달고 율동하는 모습이 신나는 트위스트 리듬에 맞춰 펼쳐졌다.

여자 가수가 부르는 '야야야, 내 나이가 어때서~'의 간드러진 목소리에 아이들은 그 모습도 다양하게 몸을 움직였다. 그중에 유독 리듬을 신나게 타며 박자를 정확하게 맞추면서 동작을 하는 보물이가 단연 눈에 띄었다. 이를 하얗게 드러내고 하나로 묶은 머릿단을 이리저리 출렁이며 두 팔다리와 엉덩이를 힘차게 움직였다.

이 아이가 보물이? 정말 보물이가 맞아? 보물이에게 이런 흥겨운 끼가 있었다니! 놀라워서 다시 한 번 보고 보물이에게 보여 주며 자기 모습을 찾게 했다.

"해님, 여기 있잖아. 흐흐흐. 오소영이는 나만 따라 하네. 나 또 하고 싶어. 하하하. 해님, 그런데 사람들이 막 박수 쳤어. 나 보고 되게 잘했대. 우헤헤헤."

아! 보물이의 이 끼를 어떻게 발현시켜 줄까? 어릴 때부터 소리에 예민하게 반응하고 그 긴장감으로 낯가림이 유난히 심했던 이보물. 친구를 그리워하면서도 사귀는 것을 조심스러워하던 보물이. 그런 보물이의 뛰어난 청각은 리듬과 박자를 익히는데 단단히 한몫했으리라. 그리고 주변의 격려나 칭송이 자신감에 불을 붙여 열정이 뿜뿜 솟았으리라. 와우! 나는 보물이 엄마에게 '톡'을 날렸다.

'보물이의 행복한 모습이 가슴을 뜨겁게 적시네요. 우리가 보물이의 이런 끼를 발견한 것은 아주 중요한 일이겠지요? 적당한 때에 알맞은 지원이 필요하다는 것을 항상 염두에 두어야겠습니다~. ㅎㅎㅎ.'

깜짝 파티

⋮

　"툭, 투다다닥."

뭐지? 뭔가 떨어져 구르는 소리가 들렸다.

　"보물아, 뭐야? 어디 다치지 않았니?"

벗어던져 놓은 보물이 점퍼를 옷걸이에 걸다가 방에서 뛰어나오며 물었다.

　"음, 해님. 내가 저거 꺼내려다가 떨어트렸어. 히잉…."

보물이가 플라스틱으로 만든 어린이용 의자 위에 엉거주춤 서서 거실 바닥을 내려다보며 울상을 지었다.

　"괜찮아. 우리 보물이가 안 다쳤으면 돼. 떨어지는 소리에 깜짝 놀랐구나?"

보물이 등을 다독거려 안심시키며 의자 위에서 보물이를 내려놓았다. 보물이가 가르친 곳을 보니 하얗고 둥그스름한 물체 하나가 저만치 나뒹굴어져 있었다. 장식품 같은데, 얼른 보기에 하얀 사기같이 불투명했다. 만약 사기였으면 깨져서 산산조각이 났을 거라는데 생각이 미치자 안심하고 집어 들었다. 가벼웠다.

"어? 보물아, 여기 글씨가 쓰여 있네. 써니와 쭈노 그리고 하트?"

"어디? 그러게. 이십…, 으음 영 그리고 팔? 해님, 그런데 이 하얀 하트는 뭐야?"

으음, 평상시에 하트 모양을 좋아하는 보물이가 화초장 선반 위에 있는 하트 모양의 이 장식품이 궁금해서 꺼내려던 것이었구나!

"글쎄…. 아! 알았다. 보물아, 엄마 아빠가 결혼한 날을 기념하는 장식품이야."

"그래? 그런데 우리 엄마 이름은 신선이고 우리 아빠 이름은 이준호인데 왜 써니와 쭈노로 쓰여 있어?"

아기 때부터 녹음된 동요나 전래동화를 들려주고 그림동화책을 매일 읽어 준 덕분인지 보물이는 웬만한 글씨는 다 읽었다.

"으음, 그건 서로 좋아하니까 재미있으라고 이름에 있는 선이와 준호를 '써니'와 '쭈노'로 불렀을 거야. 흐흐. 이천팔 년 십이 월 십사 일. 어? 이번 주 금요일이네."

"그래? 그러면 우리 파티 해야 해?"

"파티? 오, 좋은 생각! 그래 보물아 우리 깜짝 파티를 해 볼까?"

"좋아. 해님, 그러면 케이크가 있어야 해. 그리고 풍선도 있어야 하는데…."

파티라면 어린이집에서 하는 생일파티가 떠오르는지 보물이가 난감한 표정을 지었다. 그래. 비록 작은 행사지만 이참에 보물이와 함께 계획하고 실행해 보는 건 어떨까? 꽤 의미 있는 경험이 될 것 같았다.

"보물아, 케이크랑 풍선을 사려면 돈이 있어야 하는데 보물이 돈 있을까?"

"돈? 해님, 내 저금통에 돈 많아."

보물이가 방으로 뛰어가더니 달그락거리는 돼지저금통을 들고나왔다.

"자, 해님. 이것 봐. 나는 부자야. 내가 돈이 얼마나 많은지 보여 줄게."

보물이가 돼지저금통을 뒤집어 뚜껑을 열고 속에 있는 걸 쏟아냈다. 시장 놀이 할 때 사용하던 가짜 종이돈과 동전, 천 원짜리 지폐가 섞여 있었다.

"우아! 보물이 부자구나? 그런데 이 가짜 돈은 빼고 모두 얼마인가 볼까?"

수학 놀이를 해 보려고 보물이에게 우선 분류하기를 제안했다.

"보물아, 동전하고 종이돈하고 우리 같은 모양끼리 모아서 세어 보자."

"좋아. 여기 백 원짜리, 오백 원짜리 그리고 천 원짜리. 음, 백 원짜리는 하나, 둘…, 열 개. 오백 원짜리는 하나, 둘…, 네 개. 그리고 천 원짜리가 세 개. 해님, 그럼 모두 얼마야?"

숫자 백까지 셀 수 있는 보물이에게 화폐단위를 붙여 더하는 개념을 알려 주었다. 시장 놀이나 마트 놀이를 하면서 귀에 들었던 백 원, 천 원, 만 원의 단위 개념은 조금 이해하지만 합해지는 금액은 반복해야 납득되리라.

"우아, 보물이 돈 많다. 모두 육천 원이나 되는데?"

"헤헤헤. 해님, 이 돈으로 우리 케이크 사러 가자. 시크릿쥬쥬케이크 사야지."

엄마 아빠를 위해 깜짝 파티를 준비하는 게 좋은 건지, 자기가 좋아하는 시크릿쥬쥬케이크 사는 게 즐거운 건지 하여간 달려갈 듯 보물이가 벌떡 일어섰다.

"보물아, 케이크는 그날 사야 더 맛있어. 그리고 축하 편지도 써야지. 그러니까 내일 어린이집에서 올 때 빵집 앞에서 해님이 기다릴게. 같이 가서 예약하자.”

다음날 오후, 버스에서 내린 보물이와 빵집에 들어갔다. 크리스마스 시즌을 앞두고 깜빡이는 트리와 진열장에 전시된 케이크가 울긋불긋 화려했다.

우선 보물이를 탁자 앞 의자에 앉히고 다양한 캐릭터로 장식된 케이크가 가득 인쇄된 카탈로그를 펼쳐 보였다. 보물이에게 선택할 기회를 주고 싶었다. 케이크 밑에는 금액도 작은 글씨로 표기되어 있었다.

“해님, 나는 이 핑크빛 페어리루케이크로 결정했어. 흐흐.”

장식이 하나만 있는 시크릿쥬쥬케이크보다 여러 개의 요정이 꽂혀 있는 핑크색 케이크가 마음에 든 모양이다.

“그래? 보물아, 파티의 주인공은 엄마 아빠야. 그러니까 엄마 아빠가 좋아하실 케이크를 골라야 하지 않을까? 페어리루는 보물이 생일 때 사면 어때?”

“그래도 여기 숲속의 요정이 모두 초콜릿으로 만들어져서 이게 좋은데….”

아하, 보물이의 케이크 선택 기준은 크림 위에 얹어진 모형 초콜릿이 많다는 거였구나! 역시 단것을 좋아하는 보물이의 유쾌한 선택이라는 생각이 들었다.

고개를 숙이고 익숙한 캐릭터가 있는 케이크 사진을 일일이 짚어

가며 이름을 부르면서 갈등하던 보물이가 말했다.

"알았어. 그럼 이걸로 할게. 여기에는 초콜릿이 다섯 개나 있고 하트도 있어."

보물이 기분을 더는 망치고 싶지 않아 그 정도에서 동의했다.

"보물아, 여기 가격 표시가 있네. 이만 육천 원이래. 보물이가 가지고 있는 돈은 육천 원이지? 그러면 이만 원이 부족해. 어떻게 하지?"

종이에 숫자를 써 보이고는 보물이가 어떤 의견을 내놓을지 기대하며 물었다.

"음, 그러면 해님이 내. 왜냐하면 해님이랑 내가 같이 만드는 파티니까."

오우, 역시 명쾌한 결론이다. 그렇다. 액수가 문제가 아니다. 보물이와 내가 함께 파티를 계획하고 진행한다는 게 초점이었다.

"좋아. 그러면 해님도 함께 준비한 거다? 그런데 축하 편지는 뭐라고 쓸까?"

보통 기념 케이크 위에는 여덟 자 정도의 문구를 새길 수 있기 때문에 물었다.

"으음…, 엄마 아빠 결혼 축하해요. 어때?"

글자 수가 좀 많지만 보물이의 뜻대로 새겨 달라고 부탁하고 주문했다.

"보물아, 깜짝 파티니까 엄마 아빠한테는 비밀이야. 알았지?"

"흐흐흐, 알았어. 엄마 아빠가 아주 깜짝 놀라겠지? 헤헤헤."

금요일. 어린이집에서 오는 길에 우리는 주문한 케이크를 찾아들고 집으로 왔다.

"해님, 우리 케이크 상자 열어보자. 음, 음, 음?"

궁금해서 못 견디겠는지 의도적으로 얼굴을 내 코 앞에 들이대며 눈을 예쁘게 깜빡이며 졸랐다. 나는 마음이 약해져서 상자를 열고 케이크를 꺼냈다.

"와~, 진짜 초콜릿이 다섯 개야! 해님, 이 쪼끄만 하트 하나 먹으면 안 될까?"

웃음이 나오려는 걸 꾹 참았다. 어린이집에 근무할 때도 생일잔치 하는 동안을 못 참아 케이크에 발린 크림을 살짝 찍어 먹거나 작은 장식을 몰래 뽑아 먹는 아이들이 있었기 때문이다. 그렇게 먹는 그

한순간이 얼마나 달콤한지 물론 안다. 하지만 여섯 살인 보물이는 그 정도의 인내는 감당하리라 판단하기 때문에 엄마 아빠가 깜짝 놀라 보물이를 칭찬해 줄 것을 상기시키고 다른 젤리를 주었다.

"삐삐, 삐삑~."

"으아, 엄마다! 아빠, 그런데 잠깐 멈춰 봐! 내가 무슨 케이크를 골랐는지 절대 말 안 해 줄 거야. 왜냐하면 비밀이거든. 히히히?"

문을 열고 앞서 들어오는 아빠에게 달려가 보물이가 한 첫마디였다.

"케이크? 무슨 케이크? 우아, 저기 벽에 붙어 있는 게 뭐야? '엄마 아빠 결혼 축하해요' 이거 보물이가 쓴 거야?"

"오마나! 이게 뭐야? 예쁜 풍선도 있네. 여기 풍선에 그려져 있는 건 누구야?"

보물이 엄마 아빠가 깜짝 놀라며 환호했다. 보물이가 수줍은 듯 몸을 꼬며 말했다.

"음…, 내가 색종이에 썼는데 해님이 벽에 붙였어. 그리고 이 풍선에 그린 거는 엄마랑 아빠 그리고 해님과 이보물이야. 이 핑크 하트 풍선 예쁘지? 헤헤헤. 어때?"

"와와와! 정말 멋지다. 우리 보물이 다 컸네!"

보물이 엄마 아빠는 예상하지 못한 풍경에 입을 다물지 못하고 서 있었다.

"자자, 두 분 여기 앉으세요. 보물이랑 축하 케이크를 준비했답니다."

울컥해하는 보물이 엄마와 환하게 웃고 있는 보물이 아빠를 소파 가운데 앉도록 권하고 냉장고에서 케이크를 꺼내 초 열 개를 보물이와 꽂았다.

"축하 축하합니다. 축하 축하합니다.

엄마 아빠 결혼을 축하 축하합니다."

보물이와 함께 손뼉을 치며 축하 노래를 힘차게 불렀다. 아기였던 보물이가 언제 이렇게 커서 엄마 아빠에게 파티를 다 해 주느냐며 눈물을 글썽이는 보물이 엄마와 시선을 어디에도 두지 못하고 쑥스러워하는 보물이 아빠를 보며 보물이와 나는 눈을 찡긋했다. 그리고 내가 엄지손가락을 높이 세워 보물이를 향해 '엄지척'을 했다.

"엄마 아빠! 이제 촛불 꺼야지."

기쁨이 묻어나는 보물이의 재촉에 이때다 싶어 기회를 잡은 보물이 아빠가 말했다.

"그래. 보물아, 우리 같이 끄자. 이리 와. 자, 하나 둘 셋! 후~. 으하하하."

나는 기꺼운 마음으로 재빠르게 핸드폰 카메라를 작동했다.

"자, 여기를 보세요! 오늘의 모습, 내일의 추억입니다~. 하나, 둘, 셋, 찰칵!"

"우하하하, 우리 딸, 고마워!"

"아우, 감동이야! 보물아, 사랑해!"

"헤헤헤…."

"해님, 그런데 나, 고민 있어."

보물이의 표정이 갑자기 어두워졌다.

오잉? 이건 또 무슨 일일까?

누구 괴롭히는 아이들이 있을까?

고민이라니,

도대체 설날도 아직 지나지 않아 여섯 살인 이 아이,

보물이의 고민은 무엇이기에

이렇게 심각한 표정이 되었을까?

"그래? 우리 보물이가 어떤 고민이 있는지

해님한테 말해 줄래?"

3

고뇌하는
일곱 살

해님,
나 고민 있어

:

집 안으로 들어와 보물이 가방을 어깨에서 내려놓으며 내가 물었다.

"보물아, 오늘 올 때 어린이집에서 간식 뭐 먹었어?"

거실에 쭈그리고 앉아 양말을 벗으려던 보물이가 나를 바라보았다.

"으음…, 아! 단호박."

"그래? 와우, 맛있었겠다. 그래서 보물이는 선생님이 주신 거 다 먹었어?"

냉장고에 붙어 있는 월 식단표를 확인하며 보물이 대답을 기다렸다.

"아니, 조금만 먹었어. 나는 단호박이 별로야."

"그래? 보물아, 단호박이 영양가가 얼마나 많은 음식인데. 달콤하고, 또 모양도 보물이가 좋아하는 하트잖아."

"하트? 단호박이? 아냐, 그냥 바나나 모양이고 황토색이야."

"아하, 보물아. 보물이가 길게 자른 모양만 봤구나! 그렇다면 해님이 예쁜 하트 모양의 단호박을 보여 드리겠습니다. 자, 여기를 보세요. 초록색 동그란 호박이 있지요? 이것을 반으로 자르면 이런 하트 모양의 노란 단호박이 되겠습니다. 어때요? 하트 보이나요?"

나는 익살스러운 쇼핑호스트처럼 활달하게 말하며, 핸드폰에서 단호박을 검색해 반으로 자른 모양을 보여 주었다.

"해님, 그런데 나, 고민 있어."

하트 모양의 단호박 사진을 보던 보물이의 표정이 갑자기 어두워졌다.

오잉? 이건 또 무슨 일일까? 누구 괴롭히는 아이들이 있을까? 고민이라니, 도대체 설날도 아직 지나지 않아 여섯 살인 이 아이, 보물이의 고민은 무엇이기에 이렇게 심각한 표정이 되었을까?

"그래? 우리 보물이가 어떤 고민이 있는지 해님한테 말해 줄래?"

행여라도 말하고 싶은 용기가 사라지면 어쩌나 조바심하며, 핸드폰 뚜껑을 닫아 탁자 위에 놓으며 태연한 척 물었다.

"으음, 곽시후도 나를 좋아하고 송중헌도 나 좋아해…."

"당연하지. 우리 보물이는 약속도 잘 지키지, 친구들한테 예쁜 목소리로 말하지. 그래서 곽시후랑 송중헌이랑 한기린이랑 모두 보물이 좋아하는 거 해님도 알지."

"으음, 그런데 결혼은 한 사람하고 해야 하잖아? 내가 곽시후랑 결혼하면 송중헌이 슬퍼하고 송중헌이랑 결혼하면 곽시후가 슬퍼하잖아? 그래서 고민이야."

으하하하. 그거였어? 아우, 난 또 뭐라고. 행복한 비명이잖아? 웃음이 나오려고 해서 슬쩍 고개를 돌리다가 근심으로 컴컴해진 보물이의 자그마한 얼굴을 보았다. 정말 세상이 무너진 것같이 진지하게 고민하는 표정이었다.

"그래? 보물아, 정말 고민되겠다. 그런데 보물이는 누가 좋아?"

"으음, 한기린도 나를 좋아해. 그렇지만 나는 한기린이는 싫어. 으음, 서로 좋아해야 결혼하는 거잖아. 한기린이는 못생겼어. 이빨이 빠져서…."

이 시기에 아이들이 결혼한다는 것은 간단하게, 좋은 감정이 있다는 뜻일 게다. 그래서 엄마 아빠가 좋아해서 결혼해 함께 살듯 좋은 감정을 가지고 있으니 한집에서 살고 싶다는 의미일 것이다.

한 가지 떠오르는 사건이 있었다. 어린이집에 근무할 때 일이다. 평소 얌전하고 말수가 적은 아이가 근심이 가득한 얼굴로 등원했다. 집 안에 무슨 일이 있는지 우려되어 살피다가 아이를 조용한 곳으로 불렀다. 그리고 물었다.

"윤아, 오늘 기분이 별로 안 좋아 보이네. 왜 그런지 말해 줄 수 있을까?"

여자아이를 품으로 끌어들이며 흐트러진 긴 머리카락을 조용히 쓸어내렸다. 여자아이는 눈을 아래로 내리깔더니 길게 숨을 쉬었다.

아직 어려서 뭐라 표현은 할 수 없지만 뭔가 어려운 일이 집안에 생겼나 보다 추측했다. 이럴 때는 달콤한 것으로 기분을 바꿨다가 차츰 사정을 살펴봐야겠다고 생각했다.

"윤아, 지금 말하고 싶지 않으면 말 안 해도 괜찮아. 우리 그럼, 달콤한 사탕이나 하나씩 먹을까?"

아이를 풀어놓으며 바구니에서 사탕을 꺼내려고 일어섰다.

"해님, 흐흑. 우리 아빠는 나를 싫어해요… 으흐흐흑."

아이가 내 치맛자락을 잡더니 대성통곡하기 시작했다. 눌렀던 격한 감정이 터졌는지 봇물 터지듯 어찌나 서럽게 우는지 달랠 수가 없었다. 그렇게 무거운 감정을 한참 동안 쏟아 낸 후에야 차츰 진정되었다. 그리고 아이가 말했다.

"해님, 나는 아빠를 사랑해요. 그래서 아빠랑 결혼하겠다고 말했어요. 흑…"

다시 슬픔이 솟구치는지 아이가 흐느끼며 말했다.

"그런데…, 으흑. 아빠는 엄마랑 결혼했기 때문에 나랑 할 수 없대요. 흐흐흑."

아…! 안도의 숨과 함께 가슴이 에이는 실망감이 왔다. 아이들의 무한한 상상력과 감성들이 시원스럽게 발현되지 못하고 있구나. 그렇구나….

처음으로 엄마 아빠가 된 젊은 부모들은 어린이의 발달단계를 이해하지 못해서 본의 아니게 아이에게 상처를 주는 일이 많다. 아이의 상상력은 창의력의 초석인데 말이다.

"보물아, 해님이 보기에 한기린이는 잘생겼어. 이빨은 차츰 나올 거야. 보물이도 이제 이가 빠질걸? 그리고 그 자리에 튼튼하고 예쁜 이가 나오는 거야. 그건 언니야가 된다는 뜻이야."

하긴, 여섯 살인데 벌써 유치를 갈기 시작했으니 어쩜 보물이는 윗니 두 개가 빠진 한기린을 보며 얼마 전에 본 영화 〈몬스터 호텔〉에 등장하는 드라큘라를 연상하는지도 모르겠다.

"그래? 그럼 왜 소화 언니는 이가 안 빠졌어?"

보물이가 우상처럼 생각하고 있는 사촌 언니는 초등학교 5학년이다. 또 멀리 살고 있어 가끔 보기 때문에 이 빠진 모습을 보물이가 보지 못한 것이다.

"보물이가 아기였을 때 소화 언니도 이가 빠졌어. 그런데 지금은 다시 난 거야."

"정말? 그런데 으음, 안청은이 나보고 미국 가재."

어? 미국에 친척이 살고 있나, 웬 미국? 혹시 이민가려는 것인가 궁금해졌다.

"그래? 안청은이네 이사 간대?"

"아니, 안청은은 여자잖아. 여자끼리 결혼하려면 미국 가야 하거든."

음? 이건 또 무슨 소리? 무슨 뜻일까? 흐흐…. 추측해 보면 언니 오빠가 있는 아이들이 초등학생끼리 유통되는 정보를 자랑스럽게 알려 줬거나, 어른들이 하는 말을 귓결에 듣고 토막정보를 뉴스처럼 발표했을 것이다. 그러니까 틀리건 맞건 또래 아이끼리만 아는 정보도 꽤 많은 것이다.

"그래? 그건 또 우리 보물이가 어떻게 알았을까?"

"으음, 안청은이 말해 줬어. 안청은 언니는 척척박사라서 다 알려 준대."

지나가는 말을 너무 깊이 안내할 필요는 없을 것 같아 보물이 근심이나 풀어 주어야겠다고 생각했다.

"그렇구나. 보물이는 좋아하는 친구가 많아서 정말 좋겠다. 그렇지?"

"으음, 내가 인기가 좀 있지!"

얼굴을 약간 치켜든 보물이가 양손을 펼치며 자신만만하게 웃었다. 하하하, 이건 분명 만화영화에 나오는 표현인데…. 나는 숨죽여 웃었다.

"으음, 송중헌은 부드러운 목소리로 '보물아, 나랑 놀자' 이렇게 예쁘게 말하거든. 그리고 곽시후는 내가 그때 아팠을 때 '보물아, 많이 아프니? 사랑해' 하고 나를 위로해 줬어. 그러니까 선택하지 못하겠어. 해님, 누구랑 결혼해야 하지?"

글쎄, 이럴 때 뭐라고 안내하는 것이 좋을까? 옳지!

"보물아, 어떤 때는 곽시후가 좋고, 또 어떤 때는 송중헌이 좋잖아. 그러니까 더 있다가 일곱 살이 되고 나서 결정하면 어떨까?"

"그래도 나는 한기린하고는 결혼 안 할 거야. 너무 억울해."

"보물아, 한기린하고 무슨 일이 있었어?"

"그때, 그때…. 으음, 박태을이 뛰어가다가 책상을 건드렸는데 한기린이가 나한테 '야!' 하고 소리 질렀어. 내가 안 그랬는데…. 그래서 결혼 안 할 거야."

와우, 우리 보물이의 뒤끝 작열!

올 학기 초에 일어났던 일 같은데, 한 해가 저물어 가는 지금도 억울함으로 남아 있구나. 보물이가 사과받지 못해서 그럴 것이다. 그렇다면 담임선생님과 의논해서 더 굳어지기 전에 앙금을 풀어 주어야겠다고 생각했다.

아이들은 매 순간 자란다. 쉬지 않고 변화한다. 잠시도 멈추지 않고 변화하는 우리의 미래들이 건강하고 행복해질 수 있도록 어른들이 지원해야 할 것이다.

단짝

⋮

저녁을 먹고 난 보물이가 피아노 위에 있던 학습지와 연필 그릇을 집었다.

"해님, 이 바나나 지우개, 해님도 마음에 들어?"

보물이가 노란 바나나 껍질이 예쁘게 벗겨진 커다란 지우개를 들어 보이며 물었다. 보물이 새끼손가락만 한 것도 있는데 보물이가 들어 보이는 것은 정말 미니 바나나만 한 것이다.

어제 아침, 보물이 등원 준비를 하며 보물이 양말을 꺼내려다가 소꿉 그릇 위에 있는 바나나를 발견했다. 어? 이게 왜 여기 있지 하며 주방으로 들고나오려다가 촉감이 이상해서 자세히 보니 지우개였다. 옆에는 과일 모양의 자잘한 지우개가 대여섯 개 더 있었다. 마트에 갔다가 보물이가 예쁘다고 골라서 사 온 것일 게다.

"그럼. 당연하지. 해님은 어제 아침에, 진짜 먹는 바나나인 줄 알았다니까.”

문방구나 선물 가게에 가면 실물 같은 모양의 지우개들이 아기 손톱만 한 것부터 실제 크기만 한 것까지 다 있다. 색채나 모양도 다양해서 지우개로 사용하기보다는 전시용, 또는 장식용으로 더 주목받고 있다. 실제 지우개를 모으는 취미가 있는 아이들은 새로 나온 모양을 먼저 차지하려고 쟁탈전을 벌이기도 한다고 들었다.

“히히, 내가 분홍색을 좋아하긴 하지만 노란색도 좋아해. 그런데 해님은 파란색을 좋아하지만 여기 파란색은 없으니까 으음, 보라색 포도를 줄까?”

“좋아. 그런데 보물아, 이 포도 지우개 진짜 나 주는 거야?”

“아니, 이건 내가 얼마나 좋아하는 지우개들인데…. 마트에 딱 하나밖에 없는 거야. 그냥 한번 보고 나한테 다시 줘야 해. 나 숙제하고 나면, 알았지!”

달라고 말한 적도 없는데 좁쌀만 한 것들이 안쓰럽게 붙어 있는 포도 지우개를 내 손에 쥐여 주더니 학습지를 펼치고 숙제를 시작했다.

글자에 관심을 보이기 시작하던 때가 엊그제 같은데 어느새 보물이가 그림동화책을 읽게 되었다. 물론 겹받침이 나오거나 글씨와 소리가 다르게 읽히는 단어는 가끔 틀리기도 한다. 그래도 기특하고 또 기특하다. 한편으로 무심히 흘려보내면 안 되는, 일상의 중요성을 새삼 깨닫게 되는 시점이기도 하다.

지지난 주 월요일, 현관문을 열고 들어서는 나를 기다렸다는 듯 반갑게 잡아끌더니 주방 탁자 옆에 세웠다. 그리고 손바닥을 펴서 탁자 옆면을 가리켰다.

"해님, 이것 봐! 어젯밤에 내가 만들었어. 흐흐."

"오마나! 한 달 계획표잖아? 이걸 보물이가 만들었다고?"

하얀 도화지에 가로로 여섯 칸, 세로로 네 칸이 그려져 있는 그림표가 붙어 있었다. 가로 맨 위 칸에는 서투른 글씨로 요일이 적혀 있었다.

"으음, 그림은 엄마가 줄 쳐서 그려 줬고 글씨는 내가 썼어. 어때?"

"우아, 대단하다, 보물아!"

"으음, 매일 숙제한 날은 여기에 이렇게 화살표로 표시하는 거야. 그래서 여기 끝까지 다 표시하면 내가 갖고 싶어 하는 '시크릿 비밀궁전'을 엄마가 사 준다고 했어. 히히히."

보물이는 벌써 '시크릿 비밀궁전'을 받은 것처럼 온몸을 주체하지 못하고 두 팔을 벌리고 저만치 달려가더니 빙그르르 맴을 돌면서 흥겨워했다.

사람이 살아간다는 것은 각각 자기의 과제를 수행하는 것이라고 생각한다. 부모가 해야 할 과업이 있듯 아이들도 발달단계마다 과제가 있다.

내년에 보물이는 초등학교에 들어간다. 학교에 다니면 공부를 해야 하는데, 그것을 즐겁게 하기 위해 일상에서 습관을 들이는 게 중요하다고 생각했다. 그러니까 새 학기 들어 자기주도 학습을 시도한 것인데 벌써 두 주가 다 되었다.

"아, 힘들어. 해님, 나 그만하고 싶어."

엎드려서 연필로 줄을 그어 가며 혼자 읽고 답을 채우더니 벌떡 일어났다.

"그래? 어디 보자. 보물아, 여기 하나만 하면 끝나는데?"

방문 학습지 수업들이 대부분 그렇겠지만, 학습지 선생님은 약 십 분에서 십오 분 정도 교재를 함께 보고 나머지는 숙제로 준다. 어떤 선생님은 매일 하는 습관을 강조하며 가정에서 할 수 있도록 한 쪽 또는 두 쪽씩 요일을 표시해 놓기도 한다.

"보물아, 여기 네모 칸 두 개에 뭘 쓰면 될까? 요것만 쓰면 이 책은 끝이야."

단어 하나만 쓰면 숙제를 마무리하게 되므로 보물이에게 권했다.

"해님! 나 힘들어. 해님은 오늘 내가 어린이집에서 얼마나 힘들었는지 알아?"

훅 들어오는 반발에 찔끔했다. 힘들었다니, 무슨 일이 있었을까?

"그래? 보물아, 미안! 그런데 어떤 일이 우리 보물이를 힘들게 했을까?"

보물이 등을 쓸어내리며 되도록 부드러운 목소리로 천천히 물었다.

"으음, 오늘 내가 블록을 가지고 신비아파트 놀이를 하고 있었는데. 으음, 곽시후가 로봇을 막 갖다 대는 거야. 신비아파트에는 로봇이 안 나오는데…."

신비아파트는 얼마 전에 상영된 만화영화 시리즈다.

"그래? 그러면 곽시후한테 보물이 마음을 얘기하지 그랬어?"

"음, 내가 하지 말라고 말했어. 신비아파트에는 로봇이 안 나온다고 했어. 그랬더니 내 머리에 '때찌때찌' 하는 거야. 음, 안 아프게. 살살…."

"어머나, 그랬구나. 보물이가 정말 속상했겠다. 보물아, 곽시후가 같이 놀고 싶어서 그런 것 같은데 신비아파트에 로봇이 나타났다고 하면 안 될까?"

"안 돼! 신비아파트에는 로봇이 필요 없단 말이야!"

낮에 힘들었던 감정이 솟구치는지 보물이가 눈에 눈물을 보이며 억울해했다.

"그렇구나. 보물이가 그렇게 싫으면 곽시후한테 자세하게 설명해야지."

"어떻게?"

"음, 시후야, 나는 지금 신비아파트 놀이를 하고 있어. 그런데 신비아파트에는 로봇이 안 나와. 그런데 네가 방해해서 나는 힘들어. 그러니까 로봇 놀이를 하고 싶으면 다른 아이랑 놀래? 그러면 되지."

"그래? 그러면 곽시후가 뭐라고 말해?"

"글쎄, 알았어. 하겠지?"

"그래도 안 가면?"

"그럼, 그때는 선생님께 도움을 청해야겠지? 앉아서 '선생님! 곽시후 좀 보세요! 자꾸 방해해요!' 하고 소리 지르지 말고, 선생님이 계신 곳으로 가서 예쁜 목소리로 '선생님, 도와주세요! 곽시후가 내 놀이 방해해요' 하고 말이야."

"그래? 그러면 곽시후가 뭐라고 해?"

"알았어. 미안해. 그럼 다음에 놀자. 하겠지?"

다음에 놀자고 할 거라는 말에 위로를 받았는지 보물이가 표정을 풀었다. 보물이는 자기가 싫다고 표현을 하면 곽시후가 자기를 싫어할까 봐 우려하는 것이다.

새 학기가 되면서 합반을 했던 일곱 살 언니들이 졸업했다. 소영이는 보물이와 생월도 같고 놀이 패턴도 비슷해서 보물이가 좋아했다. 그런데 집에 언니가 있어서인지 소영이는 일곱 살인 가연 언니와 잘 논다고 했다. 이제 가연이가 졸업을 했으니 보물이랑 많이 어울릴 것이라 추측했다.

"그런데 보물아, 소영이는 오늘 안 왔어?"

"아니, 왔어. 그런데 오소영은 유인채하고 단짝이야. 으음, 이다해는 신아인하고 단짝이고…."

"그래? 그럼 수정이는?"

"서수정은 안청은하고 단짝이야."

갑자기 마음이 서늘해지는 느낌을 추스르며 조심스럽게 물었다.

"그럼 보물이만 짝이 없어…? 보물이도 단짝을 만들지 그래?"

"해님, 그러면 다른 친구들하고는 놀지 말고 단짝하고만 놀아야 해?"

내 질문이 마음에 들지 않는다는 듯 보물이가 뭔가 불만이 가득한 목소리로 따지듯 물었다. 왜 이럴까 하다가 문득, 작년인가? 보물이와 나눈 이야기가 생각났다.

하루는 보물이가 슬픈 얼굴이 되어 오소영이 가연 언니하고만 놀고 자기와는 놀지 않는다고 쓸쓸해했다. 그래서 좋아하는 친구하고만 놀지 말고 다른 친구들도 있으니 모두 함께 잘 어울려 놀아야 한다고 했다.

"그건 아니지. 당연히 여러 친구들하고 다 함께 놀아야 하지."

"으음, 곽시후는 나를 좋아하기는 하지만 강대현하고 로봇 놀이만 해."

아이들은 자라면서 점차 성별을 구분해서 놀이를 한다. 여자아이들은 주로 인형 놀이나 소꿉놀이를 좋아하고, 남자아이들은 로봇이나 자동차 등에 집착하며 몸을 많이 움직이는 영웅 놀이를 좋아한다. 그렇다 보니 '엄마', '아기야' 하며 재미있게 노는 여자아이들 놀이 속으로 들어가게 되고 그것은 곧 '훼방'과 '방해'가 되는 것이다. 얼마 전까지만 해도 그들은 함께 어울려 '여보', '남편', '아기야' 하고 놀았기 때문이다.

"보물아, 보물이가 오늘 정말 힘들었겠구나! 단짝은 바뀔 수도 있어. 전에는 보물이가 소영이하고 발레하면서 재미있게 놀았잖아? 그리고 이다해하고도 놀았고 신아인하고도 놀았잖아. 내일은 우리 보물이가 누구하고 놀게 될까?"

인생의 쓴맛을 잠깐이라도 본 보물이가 안타까워 쓸어안으며 등을 다독였다.

"맞아. 곽시후는 나를 좋아해. 으음, 한기린도 나를 좋아하지. 참! 오늘은 아까 서수정이랑 곽시후랑 놀았지?"

안겨 있던 보물이가 무슨 생각이 떠올랐는지 벌떡 일어나더니 다시 엎드렸다.

"해님, 내가 여기에 글씨를 쓸게 읽어 봐. 해, 님, 사, 랑, 해, 어때? 흐흐흐."

보물이가 환하게 빛나는 얼굴로 나를 올려다보았다.

"고마워. 해님도 보물이를 많이많이 사랑해!"

잠깐이었겠지만, 오늘 쓸쓸했을 보물이 모습이 보이는 듯해서 보물이를 다시 끌어안았다. 즐겁고 속상하고 신나고 외로워서 흘렸을 보물이의 땀 냄새가 코끝으로 파고들었다.

공연과
서커스

⋮

"해님, 오늘 화요일 맞아?"

"네. 맞습니다."

소파에 앉아 간식을 먹고 있던 보물이가 갑자기 물었다.

"흐흐흐. 그럼 세 밤만 자면 금요일, 내 생일이지? 헤헤헤. 신난다."

보물이가 벌떡 일어나더니 두 팔을 넓게 벌리며 거실 가운데서 빙 그르르 돌았다.

"그렇게 좋아?"

"당연하지. 엄마가 생일 선물로 내가 갖고 싶어 하는 '시크릿 비밀 궁전'을 사 준다고 했잖아. 히히히. 내가 얼마나 얼마나 갖고 싶었던 건데. 히히."

보물이가 고대하는 선물은 생일 선물이기도 하지만 자기주도 학습을 한 달 동안 잘 수행했기 때문에 주는 보상이기도 하다.

보물이 가방에서 도시락 주머니를 꺼내다 조그맣게 접은 종이를 발견했다.

"어? 보물아 이거 뭐야? 우리 보물이, 오늘도 어린이집에서 그림 그렸나요?"

한동안 사람 그리는 재미에 빠져서 어린이집 이면지에 매일 그림을 그려 왔다. 양쪽 긴 머리끝을 나선형으로 구부린 머리, 하나로 길게 묶은 머리, 단발로 자른 머리 등 변화를 주며 그렸다. 또 눈도 동그라미 안에 작은 동그라미를 세 개 그린 반짝이는 눈, 동그라미 위에 짧은 선을 그은 체리 눈, 이제는 동그라미 반을 색칠하는 예쁜 눈으로 변형시켰다. 나는 보물에게 그림 내용과 제목을 물어 날짜와 함께 표기해 보물이 방에 모두 붙여 놓았다.

"음? 해님, 그건 내가 해님한테 편지 쓴 거야."

"그래? 뭐라고 썼을까 궁금하다. 그럼 해님이 읽어 봐도 되는 거야?"

"당연하지. 그건 내가 해님 주는 거니까."

16절지를 반으로 접은 크기의 이면지에 내가 좋아하는 반짝이는 눈을 한 여자를 그리고 그 옆에 '해님 사랑해 나랑 인형 놀이 많이 하자'라고 쓰여 있었다. 이제 한글 읽기가 거의 되면서 신통하게 쓰기도 곧잘 하고 있다.

"어마나, 우리 보물이가 어려운 글자도 틀리지 않고 잘 썼네. 아주 훌륭해. 좋아. 간식 다 먹고 인형 놀이 하자. 그런데 보물아, 해님이 물어보고 싶은 게 있어."

"음? 뭔데?"

보물이가 맴돌던 동작을 멈추고 호기심으로 가득 찬 눈으로 나를 보았다. 나는 종이를 탁자 위에 놓으며 연필을 들고 보물이를 손짓으로 불렀다.

"보물아, 이번 금요일이 보물이 생일이잖아. 그래서 해님도 보물이에게 생일 축하 선물을 하고 싶거든."

"진짜? 와, 정말 고마워! 헤헤헤. 해님, 내가 해님이 좋아하는 책 하나 줄까?"

보물이가 몸을 틀어 책꽂이가 있는 보물이 방으로 가려고 한 발을 내디뎠다.

"잠깐! 여기 해님이 쓰는 걸 잘 읽어 봐. 이 중에서 하나를 선택하는 거야."

큼직하게 써 내려가는 글씨를 보물이가 앉으며 소리 내서 읽었다.

"1. 공연을 본다. 2. 키즈카페를 간다. 3. 케이크를 먹는다? 음…. 해님, 나는 세 개 다 하고 싶어. 사람이 하는 공연도 보고 싶고, 키즈카페도 가고 싶어. 그리고 해님이 다섯 살 때도 여섯 살 때도 내 생일날에 케이크를 사 줬으니까 나는 초코케이크도 먹고 싶단 말야."

"오잉? 무슨 소리? 하나만 결정해야 한다니까…."

"그렇지만 내가 하나만 결정한다고 약속하지 않았잖아. 히잉."

보물이 눈에 금세 눈물이 고이더니 슬픈 표정을 보였다. 듣고 보니 보물이 말이 틀린 것은 아니다. 사전에 확실하게 약속을 해야 했는데, 앗! 나의 실수다.

"그렇구나! 보물아, 해님이 보물이에게 약속을 받지 않은 것은 잘못이야. 그러면 우리 타협하자. 케이크는 어린이집에서 생일잔치 하니까 먹을 수 있잖아? 그러니까 케이크는 빼고 공연을 보고 키즈카페를 가면 어떨까?"

보물이네 어린이집에서는 매월 생일 맞은 어린이를 모아 생일잔치를 했는데 마침 그날이 보물이 생일이었다.

"흐흐흐, 좋아. 그런데 해님, 어린이집에서 초코케이크 살까?"

보물이는 초코케이크가 먹고 싶은데 불안한 모양이다.

"만약, 어린이집 생일잔치에 초코케이크를 준비하지 않으면 해님이 초콜릿을 하나 사 주면 되지. 어때?"

"아하! 그러면 되겠구나. 헤헤헤. 좋아. 그러면 해님 우리 공연 보러 가자."

"지금? 우하하하. 보물아, 지금은 늦었어. 이번 공연은 〈기분을 말해 봐〉라는 공연이야. 여기 공연 안내서가 있네. 줄거리도 있으니까 보물이가 천천히 읽어 볼까?"

예쁜 컬러사진이 함께 실려 있는 안내서를 보물이에게 내밀었다.

보물이가 다섯 살이 되면서 소극장에서 하는 연극이나 인형극, 뮤지컬을 보도록 했다. 그것은 보물이가 다양한 경험을 할 수 있도록 계획한 것 중 하나다.

작년에는 만화영화도 두어 편 보았다. 그러나 소리에 예민한 보물이는 복잡한 입체 음향을 아직은 싫어했다. 지난달에 보러 갔던 〈아기 코끼리 덤보〉는 영상이 펼쳐진 지 30여 분 만에 나왔다.

"해님, 이 영화 언제까지 봐야 해?"

보물이가 내 귀에 속삭였다. 영화는 바야흐로 흥미진진해지기 시작했다. 욕심 많은 악덕 업주가 '덤보'를 데려가려고 작전을 시작하려는 순간이었다.

"어? 왜? 보물아, 무서워서 그래?"

나는 아쉬움이 묻은 목소리로 어둠 속에서 보물이 눈치를 살폈다.

"해님, 그런데 이 영화 끝까지 안 보면 키즈카페 못 가는 거야? 너무 시끄러워."

보물이가 두 손으로 귀를 막은 채 작은 소리로 말했다.

"아냐, 키즈카페 갈 수 있어. 시끄럽다고? 알았어. 그러면 나가자."

보물이 손을 잡고 밖으로 나와 휴게실 의자에 앉혔다. 조금은 피곤한 듯 보이는 보물이 얼굴을 바라보며 시원한 음료수를 권했다.

사실 보물이가 이 영화를 보겠다고 했을 때부터 옛날 서커스 공연을 볼 수 있을 거라는 기대감이 있었다. 나에겐 빛바랜 사진이 하나 있기 때문이다.

아마 내가 보물이 만할 때의 기억일 것이다. 어떻게 해서 다리 밑에서 공연하는 서커스를 보러 갔는지는 희미하다. 추운 겨울이었고,

천막을 치고 매단 가마니 문을 들추고 들어갔을 때 많은 사람이 앉아 있는 것에 놀랐다. 그러고는 땅바닥에 깔아 놓은 가마니 위에 앉아서 본, 여자 배우가 누워서 커다란 나무통 굴리는 모습만 기억난다. 나중에 어른들 얘기를 들어 보니 마술, 접시돌리기, 재주넘기, 줄타기 등 여러 가지 곡예를 했다는데 왜 다른 묘기는 기억나지 않는지 모르겠다.

서커스 공연이 끝나고 집으로 가는데 달빛이 유난히 하얗게 밝았다. 어른들은 저만치 삼삼오오, 공연 뒷이야기를 하며 시끌벅적 가고 있었다. 나는 혼자 뒤떨어져 시린 손을 주머니에 찔러 넣고 눈이 수북하게 쌓여 있는 신작로를 따라가고 있었다. 발자국이 찍히지 않은 곳을 골라 뽀드득뽀드득 소리를 내며 걸었다. 어? 그런데 뽀드득 소리가 홑소리가 아니었다. 뭐지? 왜 한 발을 내딛는데 겹으로 들리지? 나는 발을 천천히 떼어 보았다. 뽀, 드, 득, 은은하게 겹소리를 만들어 내었다. 이번에는 뛰듯이 빠르게 걸었다. 뽀드득뽀드득, 뽀드득뽀드득….

그렇게 한참 발자국과 씨름하며 연구한 후에야 그 비밀을 알았다. 바로, 처음으로 사 입은 새 코르덴바지 가랑이가 걸을 때마다 서로 부딪히면서 그 신기한 소리를 낸다는 것을.

어떻든 그날은 내가 평생 처음 접한 문화체험의 날이었다. 잘 기억나지 않는 그 시절의 서커스를 영화 화면으로나마 다시 붙잡고 싶었는지도 모르겠다.

"보물아, 아기 코끼리 덤보 재미없었어?"

나는 미련을 털어내며 보물에게 다정스럽게 물었다.

"음…, 아기 코끼리 덤보는 재미있기는 하지만 너무 시끄러워. 나는 사람이 하는 게 좋아. 그래서 끝나지 않았는데 밖으로 나온 거야."

아무리 좋은 학습계획이 있더라도 학습자에게 동기부여가 되지 않으면 효과가 없다는 것이 나의 철칙이다. 유아는 특히 더 그렇다.

오십여 년 전, 그 시절 서커스단의 모습을 사실적으로 보여 주기 위해 삽입한 흐린 화면의 동물들 모습이나 다양한 입체음향이 섬세하고 민감한 보물이를 피곤하게 만들었으리라 이해했다. 그래서 우리는 키즈카페에 가서 두 시간 동안 뛰고 소리 지르며 무거운 기류를 몽땅 쏟아 놓고 왔다.

"해님, 나 이거 책에서 읽어 봤어. 보고 싶어. 재미있을 것 같아. 흐흐. 해님 그럼 내일 밥 먹을 때, 나 어린이집으로 데리러 올 거야?"

"먼저 엄마한테 허락받아야지. 4시 공연이니까, 보물이가 밥 먹고 전통놀이 시간 끝날 때, 해님이 어린이집으로 데리러 갈게."

"와하, 신난다. 해님 잠깐만!"

보물이가 자기 방으로 뛰어가 한참 서성이더니 양손에 책을 들고 왔다.

"해님, 해님은 책 좋아하지? 이거 가질 거야, 아니면 이걸 가질 거야?"

보물이가 들고 온 책은 '마티스'와 '고흐' 화집이었다. 언젠가 보물이와 함께 보면서 '이 그림 참 좋다. 그치?' 하고 얘기했던 것인데 그걸 기억하고 선택하라는 것이다.

"어머나, 보물아. 정말 고마워. 이건 해님이 좋아하는 책이잖아? 보물아, 해님은 보물이 마음을 알았으니까 이 책은 오늘 밤에 집에 가져가서 많이 보고 내일 가져올게. 그럼 이제 보물이가 원하는 인형 놀이 할까?"

가슴이 뜨거워졌다. 어린아이라도 고마운 마음을 이렇게 표현하는구나!

"흐흐, 좋아. 그럼 해님은 보라를 해. 나는 스노화이트를 할게."

신나서 앞으로 뛰어가는 보물이를 따라 인형이 쌓여 있는 방으로 들어갔다.

다음날 우리는 소극장에 갔다. 작품의 명성 때문인지 사람이 많았다.

〈기분을 말해 봐〉는 앤서니 브라운 원작의 그림책을 무대 위에 올린 것이다. 침팬지 '애니'를 통해 일상에서 경험하게 되는 어린이들의 다양한 감정, 행복, 슬픔, 외로움, 화남, 자신감, 부끄러움 등을 언어, 몸짓, 그림, 노래, 등 다양한 기법으로 표현할 수 있도록 기획한 뮤지컬이었다.

공연 중간에 관람하던 어린이들이 작은 공을 무대 위 배우를 향해 던지게 한다든지, 감사한 마음을 사탕으로 서로 나누게 하는 등 놀이처럼 함께 참여할 수 있도록 배려한 연출이 돋보인 공연이었다.

"보물아, 공연 어땠어?"

45분 공연을 꼼짝 않고 보고 나왔으니 긴장했던 몸을 풀어야겠다 싶어 지하에 있는 키즈카페로 이동하면서 물었다.

"으음, 재미있었어. 원숭이가 비가 와서 소풍을 못 가니까 화가 나서 똥을 그렸잖아. 흐흐흐, 웃기지 않아?"

"맞아. 그 장면도 웃겼어. 해님은 원숭이 애니가 엄마한테 혼났을 때 밖에 나가서 커다랗게 노래를 불렀잖아. 나중에 자기가 잘못한 것을 알고 엄마한테 잘못했다고 말했잖아? 그 용기가 감동적이야!"

실수하는 자신을 용납하려 하지 않고, '미안하다'라는 말을 잘 하지 않으려 하는 보물이를 의식하며 내가 힘을 실어 말했다. 보물이는 어린이집에서 화가 나거나 싫을 때 자기표현을 잘 하지 않으려 했다. 그렇게 말하면 친구가 슬퍼하거나 자기를 싫어할까 봐 우려하는 것이다. 그 말은 누군가 보물에게 눈총을 주거나 조금 큰 소리로 지적해도 상처를 입는다는 뜻이다. 또 단체생활에서 친구들이 규칙을 지키지 않는 것도 괴로워했다.

저녁시간이라서 그런지 키즈카페에는 사람이 별로 없었다. 보물이가 트램펄린 위로 올라가더니 뛰기 시작했다. 한참을 종횡무진 뛰다가 옆에 있는 모험 놀이 코너로 달려가다가 멈칫했다. 나는 못 본 척하며 참을성 있게 기다렸다.

"해님…, 나 이거 타 볼래."

한참 서 있던 보물이가 무언가 큰 결심한 듯한 표정으로 다짐하듯 말했다.

"그래? 좋아. 보물이가 애니처럼 용감한 생각을 했구나? 그러면 여기 선생님들한테 안전모랑 안전벨트를 해 달라고 하자."

요맘때 아이들은 모델링을 하며 성장한다. 새로운 단어나 감정, 행동 등을 인지했다가 생활에서 실험해 본다. 그리고 자기 것으로 한다. 부끄럼이 많아 발표회에서 긴장했던 '애니'가 용기를 내어 노래했던 장면을 보물이가 실험해 보려고 하는 것이다. 나는 열심히 응원했다. 도와주는 선생님들에게 보물이가 처음 시도하는 도전이라는 것을 몰래 귀띔하는 것도 잊지 않았다.

"오우! 보물아, 저기 좀 봐. 저렇게 높은 공중에 매달리는 것을 보물이가 성공했단 말이지? 우리 보물이 용감한데? 와우, 최고!"

입을 꼭 다물고 내려오는 보물이에게 요란한 박수를 보내며 환호했다.

"해님, 흐흐흐. 나 조금 무서웠지만, 꼭 참았어. 헤헤헤, 나 대단하지?"

보물이가 비로소 하얀 이를 활짝 드러내며 얼굴 가득 자신감을 뿜어냈다. 안전모를 홀가분하게 벗어젖히는 보물이를 꼭 안아 주었다. 두려움과 씨름했을 보물이 머리가 땀에 흥건하게 젖어 있었다.

궁금하지

:

"쉬잇! 해님, 조용히 해."

"알았어. 나가자."

우리는 뒤꿈치를 들고 살금살금 문 앞으로 갔다.

"자, 보물아 여기에다 네가 고른 것을 찍고 나와."

내가 먼저 바코드를 찍고 돌아서 자동문 앞에 서자 스르륵 문이 열렸다.

"알았어… 띡 띡 띡 띡."

보물이가 나오기를 기다렸다가 휴게실 쪽으로 걸음을 옮기며 뒤를 돌아보았다.

"후유. 해님, 해님은 왜 도서관에서 떠들어? 도서관에서는 조용히 하는 거야."

보물이가 훈계하는 선생님처럼 나를 꾸짖었다. 슬며시 웃음이 나왔다. 요즈음 보물이가 마음이 커졌는지 아니면 나에게 으스대고 싶은지 내가 조그마한 실수를 하거나 틀린 단어를 사용하면 말꼬리를 붙들고 질책하듯 나무랐다.

"보물아, 그거 무거울 텐데 내가 들고 갈게."

보물이의 자긍심을 키워 주고 싶어서 선생님한테 야단맞은 아이처럼 책 무더기를 끌어 앉은 채 휴게실로 묵묵히 들어갔다. 휴게실 안에는 컵라면을 먹거나 스마트폰을 올려놓고 들여다보며 낄낄대고 있는 학생들이 대여섯 명 있었다.

들고 온 책이 무거워 문 앞 가까운 책상 위에 올려놓았다. 보물이가 앉아 있는 언니 오빠들을 둘러보며 어색한 듯 낯선 표정으로 어정쩡하게 서 있었다.

"보물아, 의자에 앉아. 여기는 얘기해도 되잖아. 보물이 너무 오랜만에 와서 그러는구나? 우리 여기 많이 와 봤잖아 생각 안 나?"

보물이가 일상에서 늘 책을 가까이하며 생활하기를 바랐다. 어떻게 하면 보물이가 책을 좋아할 수 있을까 고민하다가 보물이 첫 번째 생일 기념으로 어린이 소파를 선물했다.

보통 가정에 하나씩 들여놓는 소파는 두서너 명이 함께 앉을 수 있도록 만들어졌다. 길이가 길고 앉는 면이 깊게 만들어진 가정용 소파는 영아가 편안하게 앉기에는 적합하지 않은 면이 많다. 또 대부분의 아이는 혼자 걷게 되면서부터 차츰 독립적인 생각을 하게 되고 '내 것'을 주장하게 된다.

핑크색 바탕에 고양이 그림이 인쇄된, 헝겊으로 씌워진 소파를 보물이에게 선물했을 때 무척 좋아했다. 핑크색이 마음에 들었는지 아니면 앙증맞은 크기의 스펀지 소파가 앉기에 편안했는지 보물이는 짬만 나면 앉았다. 나는 때를 놓치지 않고 보물이가 보면 좋을 여러 모양의 그림책을 주변에 늘어놓았다.

보물이는 뒤뚱대며 한바탕 돌아다니다가 소파에 앉으면 책을 집어들었다. 처음에는 가까운 곳에 있는 책을 무릎 위에 놓고 손가락으로 짚으며 '뭐야?'라고 묻기 시작했다. 같은 것을 백번 물어서 대답하기가 질릴 때도 있지만 이때에는 언어 습득이 중요한 과제이므로 최선을 다해 대답했다.

"해님, 그럼 우리 입이 더운데 아이스크림 먹을까?"

보물이가 기억이 나는지 생기를 띠며 요구했다. 하긴, 조용한 공간에서 책을 고르느라 집중했으니 입이 덥기도 하겠다.

"좋아. 우리 저기 냉동고 앞으로 가서 좋아하는 거 하나씩 골라 먹자."

보물이가 책에 관심을 두게 되면서 작은 책상도 마련하고 방과 거실뿐만 아니라 화장실 벽이나 문에도 글자와 숫자가 인쇄된 종이와 낱말카드를 붙여 놓았다. 때로는 소파를 여기저기 옮겨 놓아 보물이가 지루하지 않게 책을 볼 수 있게 했다.

보물이가 세 살 때 유모차를 타고 처음 도서관에 왔다. 보물이는 여기저기 다니며 꽂혀 있는 책을 모두 끌어당겨 바닥에 가득 헤쳐

놓았다. 나는 모르는 척, 그림동화책을 열심히 보았다. 보물이가 분위기에 익숙해지려면 시간이 필요하다고 생각했기 때문이다. 책 한 권을 읽고 나면 바닥에 깔린 책을 다시 책꽂이에 꽂고 나왔다. 그리고 우리는 휴게실에 들어가 아이스크림을 먹었다. 아이스크림을 먹고 나면 도서관 옆에 있는 작은 공원에서 미끄럼도 타고 자연 놀이도 했다.

"그런데 보물아, 내가 그렇게 떠들었어?"

내가 아이스크림을 한 입 베어 물며 아직도 조심스러워하는 보물이 마음을 풀어보려고 따뜻하게 물었다.

"음. 해님이 나보고 '보물아, 여기서 고르는 게 어때?' 했잖아. 커다랗게."

"내 목소리가 그렇게 컸구나! 미안! 나는 보물이가 책을 고르지 않고 여기저기 왔다 갔다 하길래 이제 그만 선택하라고 말한 거야."

"그래? 나는 해님이 말한 데는 시시해. 그래서 다른 데를 찾은 거야. 그런데 해님, 해님은 어떤 책을 고른 거야?"

내가 전래동화를 보면 자연히 보물이가 관심을 가질 것으로 생각하고 보물이가 좋아하는 도깨비나 방귀 얘기가 나오는 것으로 애써 골랐다.

"응? 나 〈빨간부채 파란부채〉 봤는데. 어? 〈방귀대장 며느리〉, 이것도 봤어. 해님, 이거 되게 웃겨. 며느리가 방귀를 엄청나게 큰 소리로 뽕~ 뀐대. 히히히, 웃겨!"

아뿔싸! 내가 요즈음 보물이 책 읽는 것에 소홀했구나 싶었다. 다 먹은 아이스크림 잔해를 한데 모아 옆에 있는 쓰레기통에 버렸다.

"그렇구나, 그럼 보물이는 어떤 책을 골라 왔을까?"

"해님, 나는 이걸 가져왔어. 자 봐! 〈잉카제국의 후예들〉, 〈아프리카의 오래된 크리스트교〉, 〈다시 세워진 유대인의 나라〉, 〈옛것을 지키며 새것을 찾다〉야."

보물이가 다양한 글씨체로 인쇄된 제목을 또박또박 읽었다.

"어머, 이건 세계문화 시리즈 같은데? 언니 오빠들이 보는 역사책이잖아?"

앞표지를 살펴보니 제목 위에 '역지사지 세계문화'라는 작은 글씨가 있었다. 보물이의 관심이 이제 그림동화책에서 내용이 많은 역사책으로 옮아가는 데 희열과 노파심이 동시에 솟구쳤다.

"해님, 해님은 옛날 사람들이 어떻게 살았는지 궁금하지 않아?"

"음? 궁금해. 어떻게 살았을까?"

보물이의 다음 대답을 기다리며 흥미롭게 쳐다보았다.

"그럼, 이런 역사책을 보는 거야. 그러면 책 속에 다 있거든? 해님, 나는 역사책을 많이 읽고 좋아하니까 똑똑해질 거야. 해님은 역사책 싫어해? 옛날에는 어떤 게 있었는지 궁금하지 않아? 나는 궁금해."

흐흐, 이 말은 똑똑해지고 싶어 하는 보물이에게 책에 모든 것이 있다고, 책을 많이 읽으라고 권할 때 내가 했던 말을 보물이가 지금 나에게 되돌리고 있는 것이다.

'오우, 보물아. 제발 지금처럼 탐구심을 갖고 계속 자라렴!'

나는 입속으로 주문처럼 외웠다.

"보물아, 해님도 진짜 궁금해. 옛날 사람들은 어떤 모습으로 어떻게 살았을까?"

책장을 대충 넘겨 보니 초등학생을 대상으로 만든 사진과 정보가 들어간 국가별 문화 관련 책이었다. 보물이가 그중에서 한 권을 집어 들어 나에게 내밀었다.

"해님, 해님은 아프리카 좋아하지? 이것 봐. 여기 아프리카 사람들은 얼굴이 검은색이야. 그리고 머리는 빡빡이야. 그런데 여기 입에 뭐가 있잖아? 이게 뭘까?"

궁금증을 못 참겠다는 듯이 보물이가 책을 자기 앞으로 당겼다.

"보물아. 우리 한 권씩 읽고 나서 서로 읽은 나라 이야기해 주기, 어때?"

"좋아. 해님, 그런데 아프리카 갈 때 나도 데리고 가면 안 돼? 해님만 혼자 가면 나는 심심해서 어떡해? 그러니까 나도 데리고 가. 그런데 나는 어린이니까, 거기 왕모기가 있어서 싫어. 그러니까 내가 어른될 때 같이 가자. 응? 알았지?"

"알았어. 그럼 보물이가 많이 클 때까지 해님이 기다릴게."

보물이를 안심시켰다. 비로소 보물이가 활짝 웃으며 책장을 폈다.

보물이의 언어 습득에 또 하나 중요한 것은 저녁마다 엄마나 아빠가 보물이를 품에 안고 책 읽어 주는 놀이를 계속한 것이다. 요즈음은 보물이가 읽기를 잘해 역으로 엄마나 아빠에게 책 읽어 주는 놀이로 가끔 변화를 시도한다고 들었다.

일하는 부모는 아이와 시간을 보내기가 쉽지 않다. 짧은 시간이지만 즐겁고 유익하게 놀아 주는 것이 중요하다. 잠자리에서 옛날이야기나 동화책을 읽어 주며 서로 피부를 맞대는 시간은 정서적으로도 안정감을 주어 아이가 행복감을 느끼게 된다.

밖으로 나오니 산 위에 올라 있는 저녁 햇살이 화려한 빛을 마지막으로 쏟아붓고 있었다. 자전거 보관소 한쪽에 기대 놓았던 킥보드를 꺼내던 보물이가 멈칫하더니 자신 있게 나를 보며 말했다.

"해님, 여기 노란 꽃, 이건 고들빼기지?"

낮은 키를 세우려고 애쓰며 바람에 흔들리고 있는 애잔한 꽃 무더기를 쪼그리고 앉아 손으로 가만히 쓸었다. 햇살이 눈부셨다.

"오, 맞아. 보물이가 역사책을 보더니 정말 똑똑해졌나 봐. 해님이 어렸을 때, 해님 할머니는 이 고들빼기로 담근 김치를 좋아하셨어. 어디 맛을 한번 볼까?"

고들빼기 잎을 따서 하얗게 나오는 진액을 혀끝에 대며 맛은 쓰지만 느껴 보라고 보물에게 권했다. 보물이가 옆으로 와 나처럼 무릎을 구부리고 앉더니 자기도 꽃잎을 가만히 쓸어 주며 고개를 들었다.

"해님, 그거 고들빼기 쓰다며…? 어? 해님, 해님 눈동자 속에 내가 있어. 여기 검은색 쪼끄만 거. 그게 눈동자지?"

쓰다는 소리에 받아 든 고들빼기 잎을 내던지더니 내 눈에 눈을 꽂으며 말했다.

"흐흐, 맞아. 어떻게 알았지? 보물이 눈동자 속엔 해님이 있네."

"해님, 해님은 아프리카 가서 기린이랑 사자랑 코끼리랑 보고 싶다고 했잖아. 그러면 눈동자를 멀리 저기 높은 산 위로 던져. 그러면 멀리 있는 아프리카가 보일 거야. 또 새로운 꽃을 보고 싶으면 코를 던져 버려. 그러면 꽃 냄새를 코가 맡아 올 거야. 히히."

보물이랑 여행 놀이 하면서 내가 아프리카 가고 싶다고 한 말을 기억한 것이다.

"어머, 보물아, 그거 신나는 생각이다. 그러면 입을 던지면 싱싱한 바나나도 먹고 오겠네. 흐흐흐. 아, 냠냠. 싱싱하고 맛있어."

"우헤헤헤. 해님, 그것 봐. 아프리카 안 가도 되지. 그러면 나랑 헤어지지 않아도 되잖아? 해님이 아프리카 가면 내가 슬프잖아. 그러니까 가지 마."

"흐흐. 알았어. 보물이가 어른이 될 때까지 아프리카 안 간다고 약속했잖아."

"그런데 해님 생각이 중요하니까. 그래도 꼭 가고 싶으면 나도 데리고 가. 알았지? 히히히."

"알았어. 보물아, 우리 이다음에 같이 아프리카 가자. 아프리카 가서 보물이는 싱싱한 바나나 먹고 해님은 향기 좋은 커피를 마시고…. 어때?"

"좋아. 해님, 그럼 아프리카 가려면 해님이 쪼끔만 늙어야 해. 그러니까 이제부터 훈련해야 해. 내가 킥보드 타고 갈 테니까 해님은 나를 따라와. 알았지?"

벌떡 일어난 보물이가 무어라 토를 달 여지도 없이 킥보드에 발을 올리고 쌩 달려 나갔다. 얼떨결에 따라 일어난 나는 내 무릎을 떠올리며 멀뚱하게 서 있었다.

"해님! 빨리 와! 어섯!"

그래, 달려 보자! 관절아, 제발 무사해다오! 저만치 달려가며 외치는 보물이 소리에 용기 내어 뛰기 시작했다. 핑크빛 노을을 온몸으로 듬뿍 받은 보물이의 하얀 치맛자락이 깃발처럼 펄럭였다.

꿈이
많아졌어

:

"이보물! 양치하자. 서둘러야 해. 어린이집 버스 올 시간 됐어요."

벽시계를 보니 8시 20분을 가리키고 있다. 28분에 도착하는 버스를 타려면 일어서야 한다. 신발을 골라 신는 시간도 현관문을 나가 엘리베이터에서 내려 비탈길을 내려가는 시간도 계산에 넣어야 한다.

"해님, 그런데 나 오늘 해님이랑 같이 가면 안 돼? 해님이 데려다주면 좋겠어."

잠자고 있는 아이를 깨워 어린이집이나 학교에 보내는 일은 결코 쉬운 일이 아니다. 잠을 깨우는 일도 안타깝지만 잠에서 막 깨어났으니 몸의 감각이나 대사가 빨리빨리 움직일 리가 없다. 이런 사정은 아랑곳하지 않고 시간은 쉬지 않고 째깍째깍 간다. 게다가 뭔가 간단한 요깃거리라도 먹여 보내야 한다는 노파심이 아이들을 '빨리빨리'

로 내몰게 한다.

"그래? 보물아, 해님이 서둘러야 한다고 해서 그래? 왜 그런 생각을 했어?"

가능하면 보물이에게 '빨리빨리' 하라고, 목소리 높이지 않으려고 애쓰지만 보물이가 어떤 불편함을 느낄 수 있기 때문에 신경이 쓰였다.

"음, 나는 어린이집 버스가 싫어. 해님이랑 같이 버스 타고 가고 싶어."

어? 보물이가 왜 그런 생각을 했을까? 단지 서둘러서만은 아닌 것 같았다.

"보물아, 혹시 기사 아저씨가 너희들한테 조용히 하라고 소리 지르셨어?"

기사님 중에는 떠드는 소리를 싫어하거나, 사고가 날까 봐 아이들한테 가만히 앉아 있으라고 미리 닦달하는 분이 있다는 것을 알기 때문이다.

"아니, 지금 아저씨는 장난꾸러기야. 어저께 신아인이 젤리를 갖고 있었거든? 그런데 기사 아저씨가 나 쪼끔만 줄래? 그랬어. 흐흐. 되게 웃기지? 장난꾸러기야."

그렇다면 또 다른 이유가 있을 것 같은데…. 일단 다음으로 미루자 마음먹었다.

"보물아, 지금 언니 오빠들이 학교 가는 시간이라 버스에 사람이 많을 거야. 아마 앉을 자리가 없을 텐데, 그래도 괜찮겠어?"

보물이가 다니는 어린이집은 고등학교 옆에 있어서 출근 시간과 겹치는 등교 시간에는 아주 복잡했다.

"당연하지. 이제 나도 혼자 서 있을 수 있어. 이렇게 다리를 벌리고 기둥을 꼭 잡고 서 있으면 된다고 해님이 알려 줬잖아."

"좋아. 그럼 가 보자. 만약 파란 시내버스에 사람이 많으면 노란 마을버스를 타고 가다가 중간에 내려서 걸어가자."

안전에 위협을 받거나 공동생활 규칙을 지키지 않는 등 특별하게 제지해야 하는 경우가 아닌 이상 나는 보물이의 의견을 존중한다. 집 안에서나 밖에서나 특히 어린이들은 '안 된다'라는 벽에 많이 부딪히게 되므로 나만이라도 자제하면서 자존감을 키워 주고 싶기 때문이다.

"자, 보물아, 오늘은 어떤 신발 신을 거야?"

간단하게 양치를 끝내고 보물이 가방을 둘러멘 채 신발장 앞에 섰다.

"해님, 이 원피스는 핑크색이니까 핑크색 반짝이 구두가 어울리겠지? 아냐. 오늘은 해님이랑 걸어가야 하니까 이 검은색 운동화로 결정했어. 이 검정 운동화는 아주 편하고 달리기도 잘할 수 있거든. 어때?"

기분이 좋아 활짝 펴진 얼굴을 들어 올리며 검은색 운동화를 흔들어 보였다.

"좋아. 보물이가 신을 거니까 보물이 생각이 중요하지. 해님은 찬성!"

밖으로 나오니 선들바람이 우리를 반겨 부둥켜 쓸어안았다.

"아, 보물아! 오늘 날씨 좋다. 바람은 시원하고 하늘은 파랗고…."

"그러게. 해님, 오늘 미세먼지 없다고 했지? 어? 여기 봐. 장미꽃이 많이 피었어. 우아, 정말 예쁘다."

보물이가 비탈길을 내려오며 화단에 피어 있는 장미를 보고 탄성을 질렀다.

"보물아, 우리 장미꽃을 관찰해 볼까? 가시가 있으니 조심하고. 으음, 냄새…."

"어디? 나도 맡아 볼게. 으아, 향기로운 냄새… 정말 좋다. 해님, 꽃잎도 만져 보면 안 될까? 아으, 젤리같이 부드럽고 촉촉해. 먹고 싶다."

"보물아, 여기 하얀 꽃은 찔레꽃이야. 해님은 어렸을 때 이 꽃잎을 따 먹었어. 이 찔레꽃은 장미꽃보다 냄새가 진하거든. 그래서 벌이 많이 날아온단다."

"왜? 꿀 먹으려고? 어? 저기 진짜 벌 있다. 아, 무서워…."

보물이가 질겁하며 화단에서 내려왔다.

보물이는 모기, 벌을 싫어한다. 작년에 모기에 물려 고생한 경험 때문일 것이다.

"해님, 우리 집은 정말 좋아. 저기 산이 있지, 숲이랑 나무도 있지, 꽃도 이렇게 많이 피었지 그리고 벌은 내가 싫어하지만 나비도 날아다니지, 뻐꾸기랑 까치도 있잖아? 또 바람도 불어서 시원하지. 아…,

우리 집 파라다이스는 정말 좋은 곳이야!"

보물이가 부는 바람결에 실눈을 만들어 가며 눈에 띄는 대로 칭찬했다.

비탈길을 내려가 초록불이 켜진 신호등을 보며 횡단보도를 건넜다. 고개를 돌려 정류장 쪽을 보니 등교하는 학생과 출근하는 듯한 사람이 많이 있었다.

"보물아, 언니 오빠들이 많다. 어떻게 할까? 어? 보물아, 노란 버스다. 뛰자!"

마침 정류장 앞에 멈춰 서려는 노란 버스를 향해 우리는 뛰었다.

"와, 해님 나 달리기 잘하지? 역시 검정 운동화 신고 오기를 잘했어. 히히."

용감하게 버스에 오른 보물이가 내 손을 찾아 잡으며 자랑스럽게 말했다. 예상한 대로 마을버스에는 사람이 별로 없었다. 우리는 숨을 고르며 나란히 자리에 앉았다. 열린 창문으로 달콤한 찔레꽃 향기가 코끝을 간지럽혔다.

두 정거장을 지나 골짜기 언덕배기에 있는 아파트 단지까지 올라갔던 버스가 내려와서 멈췄다. 이제 버스는 오른쪽으로 방향을 돌려 종점으로 갈 것이고, 우리는 걸어서 비탈길을 올랐다 내려가면 된다. 정류장 수는 세 개이지만 먼 거리는 아니다.

"해님, 저기서 우리 운동하고 가자."

버스에서 내려 비탈길을 올라가던 보물이가 한쪽에 설치해 놓은 운동기구 있는 곳으로 뛰어갔다. 파라다이스 단지 내 놀이터에도 운동기구가 비치되어 있어 보물이가 놀이터에 들를 때면 운동기구 네 종류를 모두 섭렵하곤 했다.

"해님, 여기 아기 개미가 있어."

양다리 운동기구에 발을 올려놓으려던 보물이가 멈칫하며 나를 불렀다.

"오마나! 아기 개미야, 어디 가니? 여기는 너희 집 가는 길이 아니란다."

"해님, 아기 개미도 운동하고 싶은가 봐. 어? 해님, 여기는 엄마 개미가 있어."

보물이가 쪼그리고 앉더니 팔랑팔랑 손을 펴서 흔들었다.

"개미야, 안녕! 어? 해님, 나한테 엄마 개미가 손을 흔들었어. 으음, 여기 있는 더듬이가 살랑살랑 움직였어. 이것 봐."

"어디? 그러네. 엄마 개미야, 아기 개미는 여기 있단다. 내가 알려 줄게."

바닥에 있던 솔잎을 주워 개미를 이동시키며 보물이에게 이제 가자고 일깨웠다.

"엄마 개미야, 안녕! 아기 개미 잘 데리고 가. 우리 내일 또 만나자."

보물이가 뒤돌아보며 손을 한 번 더 흔들어 주었다.

"해님, 개미는 몇 가지가 있는 줄 알아? 모두 네 가지가 있어. 여왕개미, 일개미, 엄마 개미, 아기 개미. 어때? 내 말이 맞지?"

"오우, 우리 보물이 대단한데? 보물이는 어려운 것도 잘 알고 있네! 그런데 공부할 때는 여왕개미, 수개미, 일개미, 병정개미 이렇게 네 종류로 나눠…."

이제 일곱 살 된 보물이의 자신감을 지켜 주고 싶어 조심스럽게 안내했다.

"해님, 저기 노란 꽃은 애기똥풀이지? 여기 진짜 많다. 이걸로 손톱에 물들이면 노랗게 되는 거지? 나 해님이 다섯 살 때 말해 준 것도 다 기억하고 있거든?"

개미 종류를 안내한 내 말에 조금 자존심이 상했는지 보물이가 산기슭에 흘러내리듯 피어 있는 노란 꽃 무더기를 가리키며 의기양양하게 얼굴을 높이 쳐들었다.

"오! 정말 대단하다. 그걸 기억하고 있다니! 정말 기억력이 굉장한 보물이야."

"흐흐흐, 뭘 그 정도로. 해님, 나는 이다음에 과학자가 될 거야. 많이많이 관찰해서 신기한 것을 발명할 거거든. 그런데 나는 탐험하는 것도 좋아하는데…."

다시 활기를 찾던 보물이가 뭔가 주춤하며 살짝 고뇌에 찬 얼굴을 했다.

"그래? 그러면 보물이가 원하는 대로 열심히 탐험도 하면 되지."

보물이가 고개를 숙여 땅을 잠깐 보더니 먼 곳에 시선을 두고 말했다.

"해님, 그런데 나 꿈이 많아졌어. 탐험가도 되고 싶고, 과학자도 되고 싶고, 또 발레리나스케이트 선수도 되고 싶다고 했잖아. 그런데 그거 다 할 수 있을까?"

꿈이 많아졌다는 것은 세상을 많이 알게 된 것이고 생각도 쑥쑥 커졌다는 증거다. 보물이의 진지한 표정이 너무 사랑스러워 다가가서 꼭 안아 주었다.

"보물이는 좋겠다. 그렇게 꿈이 많으니까…. 보물아, 보물이가 열심히 하면 다 이룰 수 있을 거야. 그런데 하다가 너무 힘들면 보물이가 제일 좋아하는 것을 하나 선택하면 되지. 벌써부터 걱정하지 않아도 된답니다. 이보물님! 흐흐. 사랑해!"

너무 심각해하는 보물이의 마음을 털어내려고 방향을 돌렸다.

"보물아, 보물이는 왜 어린이집 버스 안 타고 싶은지 말해 줄 수 있을까?"

"으음, 버스에 나 혼자 있어서 싫어. 무서운 생각이 자꾸만 나…."

아, 그랬구나! 새 학기가 되면서 등원 시간이 당겨져 이쪽 동네에서는 서너 명이 탄다. 동승하던 동생이나 친구들은 시간이 일러 개별로 등원하거나 다음 차를 타는 것이다. 그동안 무섭고 쓸쓸했을 보물이를 생각하니 마음이 짠해졌다.

"보물아, 흐흠…. 이 향기가 어디서 나는 걸까? 옳지. 저기 아까시나무가 있구나? 보물아, 이 꽃향기 좀 맡아 볼래? 아주 달콤해."

나는 아침마다 이 길을 걷는다. 보물이를 어린이집 버스에 태워 보내고 나면 도서관까지 걸어간다. 높지 않은 산을 깎아서 조성한 차도 옆 인도를 걷다 보면 어릴 때 보았던 나무와 야생화가 심심치 않게 나를 반기곤 했다.

"그래? 으음, 진짜 달콤하네."

"보물아, 이 아까시나무 줄기에 잎이 많이 붙어 있지? 해님은 어렸을 때 이 아까시나무 잎을 하나씩 따면서 일 가신 엄마가 일찍 올까 늦게 올까 점을 치며 엄마를 기다렸단다. 그러면 하나도 무섭지 않았어."

"정말? 진짜 안 무서웠어? 어떻게 하는 건데?"

보물이가 무섭지 않았다는 소리에 부쩍 관심을 보였다.

"같이 해 볼까? 자, 무엇으로 주제를 잡을까? 옳지. 보물이는 과학자가 된다. 보물이는 탐험가가 된다. 보물이는 발레리나스케이트 선수가 된다. 보물이는 과학자가 된다. 보물이는 탐험가가 된다. 보물이는 발레리나스케이트 선수가…."

하나씩 떼어서 날려 보내는 아까시나무 잎을 향해 보물이가 기대에 찬 눈길을 꽂았다. 보물이 표정을 살짝 살피며 최근 들어 보물이가 부쩍 관심을 가지기 시작하는 과학자에 초점을 맞추어 마지막 남은 나뭇잎을 뜯어 날렸다.

"보물이는 과학자가 된다. 와! 보물이가 훌륭한 과학자가 된다네. 역시 아까시나무 잎은 보물이 마음을 잘 맞히는걸. 흐흐흐."

"히히히, 진짜 잘 맞히네. 해님 나도 한 번 해볼게. 하나만 따줘 봐."

보물이가 만족한 웃음으로 화답하더니 불쑥 호기심을 보였다.

"으음. 히히, 해님은 뚱돼지다. 해님은 못생겼다. 해님은 뚱돼지다. 해님은…. 못생겼다! 와, 해님은 못생겼대. 우헤헤헤."

보물이가 점점 기대에 찬 표정을 만들다가 하나 남은 나뭇잎을 기운 좋게 뜯어 날리며 득의만만한 웃음을 지었다.

요즈음 보물이는 똥, 방귀, 코딱지, 발 냄새 같은 단어를 내뱉으며 킬킬거린다. 어린이집에서 친구들, 특히 형이나 오빠가 있는 아이들이 장난삼아서 하는 이야기를 듣고 나한테 실험하는 것 같아 놀이로 받아넘긴다. 그러면 가끔 '해님이 못생겼다는 것은 해님을 좋아한다는 뜻이야' 하고 해석해 주기도 한다.

"어? 저 하얀 꽃은 으음, 뭐랬더라? 아, 망초지?"

"와우, 대단한 보물이야. 전에 알려줬는데 기억하는구나? 어? 여기이 꽃은 싸리꽃이야. 싸리꽃이 벌써 피었네?"

요즈음 봄꽃은 순서도 없이 일시에 피었다가 눈 깜짝할 사이에 지고 만다. 그래서 우리나라가 아열대 기후로 변하고 있는 것 같다는 말을 자주 듣게 된다. 내가 자랄 때는 4월에 개나리와 진달래, 철쭉이 피고, 5월에 찔레꽃과 아까시꽃이 피어 향기를 흩날리고 나면 6월에 이팝나무와 밤나무에 하얀 꽃이 피고 7월에 자귀꽃과 싸리꽃이 피었다.

"보물아, 이 싸리꽃 색깔 예쁘지? 홍자색이야."

"정말! 와, 내가 좋아하는 핑크색이랑 보라색이 섞여 있네. 그런데 잎사귀가 아까시나무랑 비슷해."

"오우, 우리 보물이 관찰력이 대단하구나? 그걸 발견하다니! 역시 훌륭한 과학자가 되겠는데? 꽃이 작고 색은 다르지만 꽃 모양은 비슷해. 향기도 아주 은은해. 맡아 볼래?"

"그러네…. 해님, 이 싸리꽃 하고 아까시꽃을 어린이집에 가지고 갈래. 관찰 영역에서 현미경으로 관찰하고 싶어. 내가 관찰을 열심히 하니까 과학자가 되겠지? 흐흐. 그리고 친구들한테 보여 줄 거야. 헤헤."

보물이가 어깨에 잔뜩 바람을 넣더니 망초까지 양손에 들고 긴 머릿단을 출렁이며 성큼성큼 앞으로 걸어갔다. 어느새 저렇게 자랐을까?

처음 만났을 때, 잘 웃지도 않고 시크름한 표정에 낯을 가리던 보물이. 청각이 월등하게 발달해 소리에 예민하게 반응하고 낯선 사람이나 낯선 환경에 불안해하던 보물이가 며칠 전 키즈카페에 갔을 때 나를 불렀다.

"해님, 내가 사귄 친구를 소개할게. 이름은 혜진이고 일곱 살이야. 혜진이도 나처럼 핑크색을 좋아한대. 해님, 신기하지 않아? 흐흐." 하며 인사를 시켰다. 나는 깜짝 놀라고 마음 한쪽이 뭉클해졌다. 오마나, 이제 보물이가 정말 다 컸구나! 그러고 보니 이제 유아기가 끝나고 아동기가 시작되겠구나. 지나간 6년의 세월이 파노라마처럼 눈앞에 펼쳐지며 그야말로 감개무량했다.

아이는 결코 혼자 키우는 것이 아니다. 아이가 사는 세상과 함께 키우는 것이다. 부모와 양육자, 친구와 이웃 그리고 주변 환경이 중요하게 영향을 준다.

"해님~! 빨리 와."

보물이가 돌아보며 우렁찬 목소리로 나를 채근했다. 목소리도 커졌다. 아니, 이 순간도 보물이는 자라고 있다. 변화하고 있는 보물이가 대견스럽고 또 기대되어 마음이 설렌다. 보물이의 아동기는 어떤 모습으로 나타날까?

한 줄기 바람이 슬쩍 지나가며 보물이를 바라보고 서 있는 내 코털을 살그머니 건드렸다. 꽃향기가 뼛속까지 스며드는 듯했다.

추억이
생각나

:

    날씨가 후덥지근하다. 6월 말부터 장마가 시작된다고 하더니 비는 오지 않고 기온만 올라가고 무더웠다. 보물이가 더운지 살펴보고 에어컨을 작동해야겠다고 생각하며 보물이가 앉아 있는 소파 쪽을 돌아보았다.

    "어? 해님, 이 비밀금고 어디서 찍은 거야?"

    갑자기 보물이가 언성을 높이며 벌떡 일어나더니 핸드폰을 들고 내게로 왔다. 어린이집에서 보물이가 그린 그림이나 오려 온 종이 나부랭이를 가방에서 꺼내 정리하던 나는 보물이가 내민 핸드폰으로 눈길을 보냈다.

    "어떤 거? 오마나, 그거 어떻게 찾았어? 해님이 마트에 갔을 때 찍은 거야."

    글쓰기가 되면서 보물이는 가끔 내 핸드폰으로 엄마에게 '톡'을 날리고는 했다. 자음과 모음을 조합해 단어가 되고 문장이 되는 걸 기꺼워하기도 했지만, 어차피 컴퓨터 등을 이용해 공부할 아이들이니 미리 글자판을 익혀 놓는 것이 나쁘지 않을 것 같았다. 회사에서 일하는 엄마 역시 바빠서 일일이 답을 해 주지 못할 때는 재미있는 이모티콘을 보내거나 하트를 날리곤 했다.

가방 정리를 멈추고 보물이를 곁으로 불러 소파에 나란히 앉았다. 이왕 보물이가 보았으니 이참에 비밀금고를 어떻게 생각하는지 보물이 의중을 알고 싶었다. 그러나 내가 보물이 마음을 묻기도 전에 보물이가 이야기를 시작했다.

"해님, 으음. 내가 다섯 살 때 비밀금고 저금통이 있었는데, 건전지가 없는지 고장이 났어. 그래서 마트에 가지고 갔거든? 이거 고장 났어요, 했더니 거기 아줌마가 이렇게 살펴보고, 그럼 두고 가세요, 했어."

보물이가 과거를 회상할 때 늘 그렇듯이, 눈꺼풀을 가늘게 좁히고 얼굴을 먼 곳으로 향한 채 독백했다.

"그래서 그 비밀금고 저금통을 잊어버렸는데, 지금 이 사진을 보니까 생각났어. 해님, 그런데 내가 말도 하지 않았는데 어떻게 이 비밀금고 사진을 찍어 왔어? 우아! 되게 신기하다. 해님, 정말 고마워. 나의 다섯 살 때 기억을 생각나게 해 줘서…. 흐흐흐. 해님은 역시 나를 사랑하는 나의 영원한 어른 친구야. 흐흐."

보물이가 흥분한 목소리로 쉬지 않고 말을 이어 가더니 몸을 돌려

내 품에 얼굴을 묻으며 비볐다. 이런 행동은 보물이가 행복할 때나 감정이 격할 때 끌어안고 하는 몸짓이다. 보물이가 이렇게 좋아하는 반응에 놀랐고 비밀금고에 얽힌 추억이 있었다는 게 또 놀라웠다.

"보물아, 이 비밀금고가 그렇게 마음에 들었어? 나는 보물이가 한 학기 동안 어린이집에서 친구들하고도 잘 지내고, 건강하고 씩씩하게 자라서 이번 휴가 때 선물로 주려고 한 건데…"

내년에 학교에 가는 일곱 살이 되면서, 자기가 해야 할 것을 스스로 해나가는 습관을 지닐 때가 되었다고 생각했다. 일상생활뿐만 아니라 읽기, 쓰기, 더하기, 빼기 등 기초적인 학습계획표를 엄마와 만들고 벌써 넉 달째 매일 실천하고 있다. 물론 보물이가 원하는 장난감을 엄마에게 보상으로 요구했지만 그것과 별개로 한 학기 동안 수고한 보물이 노력에 박수를 보내고 싶었다.

"해님, 휴가는 아직도 다섯 밤이나 남았잖아? 나 베트남 갈 때 이 비밀금고에 내 돈을 다 넣어야 해. 그래야 도둑이 가져갈 수 없지. 왜냐하면 이 비밀금고의 비밀번호는 나만 아니까. 해님도 절대 아무에게도 알려 주면 안 돼. 알았지?"

보물이가 가지고 있는 돈이란 명절에 받은 세뱃돈 중 엄마가 추려내고 남은 것, 동전, 기념으로 건넨 외국 동전, 장난감 돈 등이 섞여 있는 것을 말한다.

"흐흐, 알았어. 비밀번호니까 나한테도 말하지 말고 보물이 혼자 기억해야지."

"그래? 알았어. 해님, 그러면 나랑 씨름 겨루기를 하자. 이긴 사람 생각을 들어주는 거야. 내가 이기면 이 비밀금고를 내일 사 오고 해님이 이기면 베트남에 가는 금요일에 사 오는 거야. 어때? 좋지?"

보물이가 욕구가 생겼을 때 협상카드로 내놓는 제안 중 하나가 씨름이다.

"좋아. 보물이가 그렇게 원한다면, 뭐 못할 것도 없지."

"좋아. 그럼 엄마방 침대로 가자. 우리 삼 판 하는 거야. 히히히."

보물이가 내 팔을 잡아당기며 신이 나서 앞장섰다. 해 보나 마나 보물이 승리일 것이다. 그러나 어떻게 기술적으로, 아슬아슬하게 이기게 하느냐가 핵심이다.

보물이 체력 단련을 위해 시작한 이 씨름 놀이는 서로 열심히 하다 보면 가끔 내가 이길 때도 있었다. 처음엔 보물이가 울면서 자기가 이겼다고 무작정 우겼다. 그러나 요즈음은 어떤 이유를 늘어놓거나 새로운 규칙을 만들어서라도 보물이가 이겨야 결국 놀이가 끝난다. 생각이 자라서 좀 논리적으로 됐다고나 할까?

출렁거리는 침대 위에서 사력을 다해 온몸으로 덤비는 보물이를 상대로, 행여 보물이가 다칠까, 침대 스프링 탄력이 느슨해질까, 두루두루 염려하며 세 판을 끝내고 나니 보물이 얼굴은 벌겋게 상기되고 머리에는 흥건하게 땀이 배어 있었다. 나 역시 머리카락이 눈앞을 가린 채 어수선하게 솟아 있고 활동복으로 입은 고무줄바지는 벗겨지기 직전이었다.

"우하하. 내가 이겼다. 그럼 이제 비밀금고는 금요일 말고 내일 사오는 거야. 알았지? 해님, 나는 그 시크릿쥬쥬 비밀금고가 정말 마음에 들거든. 헤헤헤."

보물이가 승리감으로 빵빵해진 얼굴을 추켜세우며 자신만만한 소리로 다짐했다.

"아우, 힘들어. 보물이가 왜 이렇게 기운이 세졌지?"

한껏 엄살을 부리며 심하게 지친 시늉을 할수록 보물이 기분은 상기된다.

"그거야 나는 매일 채소도 잘 먹고 고기도 잘 먹고 과일도 잘 먹으니까 그렇지. 해님은 채소만 먹어서 그렇게 기운이 없는 거야."

"그런가? 알았어. 보물아, 목마르지? 우리 물 마실까?"

"좋아. 나는 시원한 물을 마실 거야. 아우, 더워. 해님, 내일 또 하자."

보물이가 이겨서 불뚝 자신감이 솟는지 대결을 또 청했다.

"알았어. 보물아, 휴가 동안 해님이 고기 먹고 몸을 튼튼하게 하고와서 다시 내기하자. 그때는 해님이 이길걸."

"아냐, 나도 베트남 가서 수영 많이 해서 튼튼해져서 올 거야. 히히히."

보물이가 정말 목이 탔는지 물을 벌컥벌컥 들이켰다. 보물이 얼굴에 흐른 땀을 물수건으로 닦아 주고 에어컨을 가동했다.

온몸을 뜨겁게 달구는 운동을 했으니 이제 조용한 놀이로 전환해서 발달의 균형을 유지해야 할 차례다.

"그런데 보물아, 해님이 보여 줄 게 있다? 해님이 어제 일요일에 시골 갔었거든? 그런데 거기에서 반딧불이를 봤어. 내가 사진 찍어 왔어. 어디 있더라…."

핸드폰을 집어 들고 소파에 앉으며 보물이를 옆으로 유인했다.

"반딧불이? 그게 뭔데?"

"옳지. 여기 있다. 개똥벌레라고도 하는데 여기 꽁무니에서 빛이 나와."

"우아, 신기하다! 어떻게 똥꼬에서 불빛이 나오지? 나도 데리고 가지. 히잉."

곤충에 부쩍 관심을 보이고 탐구하려는 보물이를 위해 어둠 속에서 수십 장의 실패 끝에 겨우 건진 반딧불이 사진 두 장을 보여 주었다.

"보물이가 정말 많이 컸구나! 얼마 전까지만 해도 곤충 옆에 가지도 않으려고 하더니, 진짜 과학자가 되려나 봐. 흐흐. 훌륭해!"

기탄없는 칭찬에 어깨를 으쓱하더니 갑자기 보물이가 정색을 했다.

"해님, 내가 아기였을 때, 그 첫 번째 생일날에 내가 어떤 거 가졌어?"

오잉? 이건 또 무슨 뜻일까? 갑자기 무슨 생각이 난 걸까?

"으응, 돌잔칫날 말이지? 보물이는 돈을 집었어. 그리고 또 마이크도 집었지. 참, 그래서 보물이가 목소리도 예쁘고 말을 또박또박 잘 하나 보다. 그렇지?"

그날, 높은 케이크가 차려져 있고 황금색 쟁반에는 실타래, 지폐, 마이크, 연필, 청진기 그리고 의사봉이 있었다. 보물이는 지폐와 마이크를 집었다. 발레리나스케이트 선수와 과학자에 관심을 쏟고 있는 요즈음, 보물이는 어쩌면 발레슈즈나 현미경을 잡았다는 얘기를 듣고 싶은 것이 아닐까?

"어머, 보물아, 이것 좀 봐. 보물이 아기였을 때 사진이야."

환기를 시키려고 보물이 사진을 모아 놓은 앨범 파일을 화면에 띄웠다.

"어디? 이게 나야? 히히, 아빠가 쭈쭈를 먹여 주고 있네. 엄마도 있고…."

"보물아, 여기 엄마 아빠랑 장난감 갖고 노는 동영상도 있어."

배밀이하는 보물이, 딸랑이 갖고 노는 모습, 이유식을 입 주변에 잔뜩 묻히며 옹알이하는 모습, 까꿍 놀이하며 까르르 웃는 모습도 보여 주었다.

"보물아, 이것 좀 봐. 보물이가 처음으로 놀이터에 나간 날 사진이야. 아직 신발도 없어서 양말만 신었네. 흐흐, 그래도 보물이 좋아서 활짝 웃고 있지?"

지금도 그날을 기억한다. 첫돌이 돌아오는 화창한 봄날, 유모차를 태우고 산책하러 나갔다가 놀이터에 실험 삼아 가만히 내려놓았다. 모래밭에 심어 놓은 낮은 철봉 기둥을 잡더니 보물이가 붉은 잇몸에 밥풀처럼 돋아난 이를 드러내고 하얗게 웃었다. 그러더니 조심스럽게 주저앉아서 모래 놀이를 시작했다. 양말을 신었지만 딱딱한 방바닥하고 다른 느낌과 간지러운 손바닥의 모래 감촉을 음미했을 것이다.

"해님, 그런데 이 핑크색 땡땡이 모자는 아기 선아 줬지?"

선아는 외사촌 동생이다. 보물이에게 작아진 옷은 선아에게 넘기고 보물이는 사촌인 소화 언니의 옷을 받기도 한다. 순식간에 쑥쑥 자라는 아이들 옷을 친척이나 이웃끼리 서로 돌려 입는데, 좋은 방법인 것 같다. 요즈음엔 알뜰시장이 활성화되어 또래 어른과 아이까지 서로 소통한다. 바람직한 모습이라고 생각한다.

"아마 그럴걸? 보물아, 선아는 이제 아기가 아니야. 벌써 여섯 살 됐잖아?"

"맞아! 해님, 그런데 여기 이빨이 하나, 둘, 셋, 네 개야. 우하하, 우습다. 지금은 내 이빨이 네 개가 빠졌는데…."

"어머나, 정말 그러네. 신기하다! 지금 이 사진 속에 있는 이가 모두 빠진 거야. 흐흐. 어? 이건 분수대에서 보물이가 돌멩이를 물속에 집어넣고 있는 거야. 보물이는 돌멩이에 관심이 많았지."

걸어 다니기 시작하며 보물이는 땅에 있는 돌멩이를 열심히 주웠다. 집으로 가지고 와 끄적거리기도 하고 여러 가지 모양으로 꾸며서 놀이도 했다.

"보물아, 이건 해님이랑 밭에 갔을 때 사진이야. 고추랑 가지도 따고 방울토마토도 먹었지. 호, 시큼하다고 보물이 얼굴 찡그리는 것 좀 봐. 귀엽다. 흐흐."

보물이는 자라 온 자신의 모습이 신기한지 아니면 아득하니 문득 문득 추억이 떠오르는 게 있는지 계속 보려고 했다. 그렇게 한참 사진을 보던 보물이가 소리를 높였다.

"어? 해님, 그런데 이 사진은 내가 병원에 입원했을 때 사진이야. 여기 이 왕주사 보이지? 나 왕주사도 맞고 피도 많이 뽑았어. 그때 나 피 몇 개 뽑았는지 알아? 열네 개나 뽑았어. 해님 기억해?"

아무렴, 기억하고말고! 어찌 그날을 잊을 수 있을까?

무덥던 장마철도 끝나고 여름이 계절 끝에 걸리는 9월 초였다. 어린이집 귀가 차량에서 내린 보물이가 실눈을 하며 푸른 하늘을 올려다보더니 내게 요구했다.

"해님, 오늘 바람도 불고 날씨도 좋은데 우리 어디 놀러 갈까?"

"그래? 보물이가 어디 가고 싶구나? 그럼 보물이가 잘 듣고 골라 봐. 일, 키즈카페에 간다. 이, 물고기 보러 냇가에 간다. 삼, 공연을 보러 간다. 자 어떤 거?"

"해님은 키즈카페에 가고 싶지?"

보물이가 이렇게 확인하는 것은 자기가 가고 싶다는 뜻이다. 그러나 이렇게 날씨가 좋은 날 실내에 그것도 아이들이 많은 곳에 가는 것보다 상쾌한 자연 곁이 좋을 것 같아 모른 척하고 다시 물었다.

"땡! 오늘은 날씨도 선선한데 냇가에 핀 꽃도 보고 물고기도 보는 건 어떨까요?"

"그럼 고기 잡으러 냇가에? 거기 가면 시냇물도 보고 큰 강물도 보고 꽃도 볼 수 있지만 나는 키즈카페에 가고 싶어. 왜냐하면 막 뛰어다닐 수 있으니까. 여기 길에서 뛰면 안 돼. 넘어져. 그리고 냇가에 가서 돌멩이에 꽈당 넘어지면 어떡해?"

이렇게 이유를 늘어놓을 때는 두말 말고, 무조건 보물이 마음을 따라야 한다.

키즈카페에 들어서니 평일이어서 그런지 예상보다 사람이 많지는 않았다.

"우아! 신난다. 해님, 나 방방장으로 갈게."

자주 와서 익숙한 보물이가 앞장서서 트램펄린이 설치된 곳으로 달려갔다. 나는 신발들을 사물함에 넣고 가방 앞 지퍼를 열었다. 오늘은 보물이가 어린이집에서 어떻게 생활했는지 알려면 작은 단서라도 있어야 좋다. 손톱만 한 스티커나 가위로 오린 종잇조각이나 아무튼 뭔가 발견하면 그것을 시작으로 누가 주었는지, 무엇을 그렸는지, 우는 아이는 없었는지 등 하루 활동을 추적할 수 있다. 속상한 일이 있었으면 이야기를 나누어 풀어 주고 기쁜 일이 있었다면 듬뿍 격려해 주어야 한다.

오늘은 어설프게 하트를 접은 파란 색종이가 나왔다. 뭔가 희미하게 적힌 글씨를 읽어 보려고 들고 일어서는데 보물이가 왔다.

"해님, 나 토할 것 같아. 그리고 어지러워."

보물이가 어두운 표정을 하며 찡그렸다. 안색이 좋지 않았다.

"그래? 그럼 해님이랑 화장실 가서 토해 볼까?"

보물이가 힘없이 고개를 가로저었다. 보물이 이마에 손을 짚어 보았다. 열은 없어 보였다. 체한 것일까? 아니면 혹시, 예방접종은 다 했지만 요즈음 유행하고 있는 수두나 수족구가 아닐까 걱정되었다.

보물이 엄마와 의논한 뒤 동네 병원으로 갔다. 병원에서는 특별하게 나타난 증상이 없으니 두고 보자며 소화와 장을 돕는 처방을 해주었다. 집에 와서 처방받은 약을 먹고 괜찮아졌다며 그런대로 잘 놀았다.

다음 날 아침, 보물이는 대학병원에 입원했다. 밤새 두어 번 토하고 열도 났다. 비상약으로 구비해 둔 해열제를 먹이며 씨름했지만 열이 잡히지 않았고 아침에는 39도가 넘어 결국 응급실에 가게 된 것이다.

보물이가 사진에 있는 자신의 모습을 보며 병원에서 왕주사 꽂을 때의 두려움과 고통이 생각나는지 이마를 찌푸렸다.

"그래 보물아, 해님도 당연히 기억하지. 그때 많이 힘들었지? 해님도 엄청 힘들었어. 해님은 키즈카페에서 소아과 가려고 보물이를 업고 나왔잖아. 어휴, 보물이가 22kg이잖아? 그런데 다음날 입원한 보물이는 종일 소식이 없고, 진짜 진짜 무지 걱정했지…"

"음, 해님 나 그때 아팠어. 그리고 무서웠어. 머리도 아프고 자꾸 어지러웠어. 어떻게 아팠냐 하면, 머릿속에서 쪼끄만 먼지 같은 게 점프 점프하는 것 같았어. 그리고 뇌에서 뭐가 이리저리 둥둥 떠다니는 것 같은 느낌이었어."

입원한 보물이는 뇌척수막염일지도 모른다며 필요한 검사를 위해 금식을 시킨 후 채혈했는데 무려 열네 병을 뽑았다고 했다. 여섯 살 아이 몸에서 그렇게 많은 양의 피를 뽑아야 한다는 게 두려웠다.

아이들과 함께하는 생활을 아무리 오래 했어도 질병에는 속수무책이다. 급한 대로 '뇌척수막염'을 검색해 보았다. 바이러스성 뇌척수막염은 감기나 장염을 동반하며 고열이 난다고 했다.

내가 뭐 잘못 먹인 것은 없을까? 혹시 마음이 불편한 일은 없었을까? 밤에도 토했다는데 어린이집 식단이 무엇이었지? 핸드폰을 열어 사진 찍어 둔 식단표를 확인했다. 된장국에 달걀찜, 시금치나물, 깍두기였다. 간식은 떡과 식혜다. 특별한 것은 아니었다.

며칠 동안의 보물이 근황을 되짚어 보고 추적해 보았다. 딱히 짚이는 게 없었다. 혹시 어린이집에 열나는 아이가 있었던 것은 아닐까? 그럴 수도 있다. 물론 전염성 질환이 있는 아이는 가정보육을 원칙으로 한다. 그러나 잠복기가 있는 바이러스는 같은 환경에 있어도 면역이 약한 아이에게만 발병하기 때문에 단체생활에서 정확한 원인 규명이 어렵다. 다 함께 조심하는 게 우선이다.

그렇더라도 내가 돌보던 아이가 아프니 허망하게 자꾸 자책감이 들고 괴로웠다. 그렇게 무거운 마음으로 소식 없는 하루를 보내던 끝에 늦은 밤이 되어서야 보물이와 영상통화를 했다. 뭔가 무게를 훌쩍 덜어내어 홀쭉해진 모습이었지만 목소리는 명랑했다. 비로소 마음이 놓였다. 내일 검사 결과를 본 후 이상 없으면 퇴원한다며 보물이 엄마가 사진 두 장을 '톡'으로 보내 주었다.

환자복을 입고 링거를 꽂은 채 스케치북에 그림을 그리고 있는 사진과 참치죽을 먹고 있는 사진을 보던 보물이가 말했다.

"근데 해님, 거기 병원에서 나 잤잖아. 그 침대 되게 푹신푹신했다? 음, 그래서 내가 누웠는데 금방 잠이 들었어. 그런데 그 옆에 팔에 깁스한 언니가 있었어. 그 언니는 밥도 잘 못 먹었어. 슬프지? 나는 참치죽이 정말 맛있었어."

병원 침대가 집에 있는 침대보다 푹신할 리 없겠지만 괴롭히던 고통이 사라졌으니 보물이가 편안하게 푹 잠을 잔 것이려니 생각한다. 다행히 검사 결과 이상이 없어 다음날 보물이는 퇴원했다.

벌써 1년이 다 되어 가는데도 워낙 큰 사건이다 보니 보물에게는 생생한 추억으로 남아 있는 모양이다. 그때 주변에서 보고 느꼈던 순간의 감정까지 다시 소환해 내게 들려주고 있다. 어디 보물이뿐이겠는가. 보물이 엄마 아빠 그리고 우리 모두에게 그 무엇보다 건강의 중요성을 일깨운 대사건이었다.

하여간 며칠 쉬고 어린이집에 등원했다가 귀가한 보물이가 나에게 힘차게 들려준 이야기도 기억하고, 그때 내가 보물이에게 격려해 준 말도 생각난다.

"해님, 오늘 어린이집에서 내가 왕주사 맞은 얘기랑, 피 열네 개 뽑은 얘기랑, 입원한 얘기 다 했어. 그랬더니 친구들이 박수 쳐 줬어."

"그래? 그건 보물이가 매우 용감하다는 뜻이야."

"그런데 해님, 곽시후가 보물이 어디 갔느냐고 해서 백세진 선생님이 입원했다고 했대. 그래서 오늘 곽시후가 나한테 사랑한다고 했어. 흐흐흐."

보물이가 그날 행복한 표정으로 수줍게 웃던 모습이 지금도 눈에 선하다. 흐흐.

보물

잠자는 아이는 천사 같다. 물론 천사를 직접 만난 적은 없다. 단지 상상 속에서 혹은 누군가가 그린 그림이나 영상에서 본 형태를 인지하고 있을 뿐이다. 하여튼 천사는 세상의 모든 좋은 모습을 가지고 있을 것이 분명하다.

오후의 따뜻한 햇살이 넓은 창을 통해 가득 내려앉은 거실에서 보물이는 지금 막 잠들었다. 목욕하고 난 뒤의 나른함 때문일까. 쌔근쌔근, 숨소리까지 뿜어내고 있다. 말갛게 닦인 투명한 콧잔등에는 푸르른 실핏줄이 청명하게 내비치고 발그레한 볼 위로는 무명실에서 묻어나는 것 같은 야리야리한 솜털이 미세하게 흔들렸다.

"딸랑딸랑, 딸랑딸랑!"

열어 놓은 창문 밖에서 갑자기 두부 장수의 종소리가 들려 왔다. 어? 벌써 저녁때가 되었나 하는 생각보다 수십 배 빠르게 내 눈이 벌써 보물이 눈에 꽂혀 있다.

'아뿔싸, 보물이가 눈을 떴구나!'

숨조차 쉬지 않고 그 순간, 모든 것을 그대로 멈추고 있었다. 그리고 보물이의 하얀 얼굴에서 샛별처럼 반짝이는 깜장 눈동자에 시선을 두었다.

'보물아, 제발 좀 더 눈까풀을 내리고 쉬렴!'

혀끝을 누르며 간절하게 마음을 모았다. 그러나 허사였다. 소리에 예민한 보물이가 단지 안 어디에선가 들려오는 은은한 종소리를 그냥 지나칠 리 없다.

"아부우우 아푸우!"

깃털이 흔들리는 것 같은 부드러운 여운을 만들며 보물이가 두 팔을 허공에 휘저었다. 깜짝 잠을 십 분이나 잤을까?

"저런, 아무래도 안 되겠어요? 잠 요정이 멀리멀리 가버렸어요? 그래. 좋아. 그렇다면 우리 또 대화를 나누어 볼까요?"

보물이 턱 주변에 받쳐 두었던 거즈 손수건을 꺼내어 꽃잎 같은 보물이 손에 쥐여 주면서 가볍게 잡고 두어 번 흔들어 주었다.

"아가가르…."

보물이가 반갑게 잡더니 두 발을 걷어차며 응수했다. 기분이 좋다는 표현이다.

보물이는 소리에만 예민한 게 아니었다. 손이나 피부에 닿는 부드

러운 촉감을 특히 즐겼다. 그래서 거즈 손수건 가지고 노는 것을 좋
아했다.

"우리 보물이, 잠깐이지만 잘 자고 일어났어요? 자, 기지개 좀 켜
볼까? 옳지, 쭉쭉쭉! 다리도 쭈욱 쭈욱쭉, 잘했어요. 손가락도 오물
락 조물락, 발가락도 쪼물쪼물, 그럼 이번에는 기저귀를 좀 볼까요?"

잠든 지 얼마 되지 않아서일까 기저귀는 보송했다. 아직 언어 표현
이 되지 않는 보물이는 쾌적한 신체 환경 조성에 신경을 써야 한다. 그
때문에 수시로 기저귀를 확인해야 하고, 원만한 발달 촉진을 위해 전
신 마사지는 물론이고 손가락과 발가락에 자극을 많이 주어야 한다.

뒤돌아 카세트 스위치를 눌러 동요를 잔잔하게 틀었다. 벌써 보물
이가 몸을 뒤집고 있었다.

요즈음 들어 보물이의 활동량이 부쩍 늘었다. 애써 뒤집더니 어느
새 여기저기 기어 다니며 이것저것 만지려 하고 앉아서 놀이하는 시
간도 제법 길어졌다. 어제는 무언가 잡고 일어서려고 엉덩이를 번쩍
들었다 내리는 시도를 열심히 했다.

보물이 수면 시간을 수첩에 기록하면서 보니 이유식 먹을 시간이
었다. 보물이를 영아용 의자에 앉히고 소리 나는 놀잇감을 손에 쥐
여 주며 두어 번 흔들었다.

"보물 양, 출출할 텐데 이유식을 먹어 볼까요? 따릉 따르릉, 자 여

기서 잠깐 혼자 놀면서 언니들 노래 듣고 있어요. 해님이 엄마 아빠가 맛있게 만든 맘마를 덥혀 가지고 오겠습니다."

"마마마, 마아아암."

보물이가 '맘마' 소리를 알아들었다는 듯 나를 쳐다보며 입술을 맞부딪쳐 흉내를 내려고 했다.

"그렇지, 그렇지. 어서 준비하라고? 좋아. 냠냠냠 먹고 싶다고? 흐흐흐."

보물이 눈에 내 눈을 다시 맞추고 일어섰다. 냉장고 앞에서도 입으로는 계속 보물이 옹알이에 응수하며 틈틈이 보물이에게 눈길을 주었다. 보물이의 언어발달을 위해서 많이 들려주고 계속 대화를 이어가야 한다고 생각하기 때문이다.

냉동실 문을 여니 일주일 치 이유식이 종류별로 간결하게 정리되어 있다. 그중 채소죽 하나를 꺼내어 전자레인지에 넣고 스위치를 눌렀다.

보물이 엄마를 보면 내가 어린이집에서 근무할 때 만났던 '슈퍼우먼'들이 떠오른다. 직장을 다니면서 아이의 이유식을 매일 만들어 오는 엄마는 거의 없었다. 대부분 일주일 분을 만들었다가 두어 개씩 가지고 오거나 인터넷으로 주문해 배달된 이유식을 가지고 왔다. 물론 두 가지 모두 냉동식품이다.

어떤 엄마는 점심시간을 이용해 어린이집에 와서 수유하기를 1년 동안이나 하는 엄마도 있었다. 그 엄마는 점심 식사를 오가는 길에 간단하게 해결하고 근무에는 차질 없이 임했다.

"아휴, 몸이 열 개라도 모자라요. 그래도 내 몸 고단한 것은 참겠는데, 아침에 자는 아이 깨울 때랑 퇴근 후 시간 맞춰 어린이집에 올 때가 제일 피 말라요."

그랬다. 일하는 엄마의 일과가 늦게까지 이어지니 엄마 손길이 필요한 아이들도 늦게 자고…. 자라는 아이들은 늘 아침잠이 부족했다. 또 '칼퇴근'도 눈치 보이지만 실제 업무가 선을 긋듯이 딱 끝나지 않는 경우가 많았다.

처음에는 너무 안타까워 내가 나선 적이 있었다. 전자레인지에 텝히면 온도야 적당하게 조절할 수 있지만 영아에게 냉동식품을 먹인다는 것이 왠지 마음에 들지 않아 협동조합에서 유기농 재료를 구매해 직접 만들었다. 그러나 과도한 업무 때문에 계속할 수가 없었다. 조리사 한 명으로는 아이 수십 명의 간식과 점심을 준비하기에도 바빴고 나 또한 고유의 업무가 있는 현실을 무시할 수 없었다. 또 아이들의 체질과 함께 가정마다 이유식 종류도 달랐다.

"자, 이보물! 엄마 아빠가 만들어 주신 맛난 맘마를 먹어 볼까요? 아~, 오올치. 냠냠냠. 아이 맛있어. 꿀꺽! 오물오물 꼴까닥! 흐흐흐."

보물이가 첫아이인 보물이 엄마와 아빠는 모든 것이 처음이라 서툴고 낯설 것이다. 주말마다 마트에 가서 재료를 사는 일도, 재료를 씻고 다듬어 이유식을 만드는 것도.

게다가 이유식은 조리할 때 자칫 넘치거나 타기 일쑤다. 불 앞에 지켜 서서 타지 않도록 교대로 저으며, 보물이와 놀아 주며, 정성을 다해 조리했을 것이다. 금싸라기 같은 주말 휴식을 보물이의 엄마 아빠가 되기 위해 놀아 주고 이유식도 만들며 매주 상쇄하고 있는 것이다.

피곤해하는 보물이 엄마를 보면서 내가 보물이 이유식을 만들어 먹일까 하는 생각도 잠깐 했지만, 요리하는 동안 보물이를 혼자 두는 것이 더 무책임한 일 같아 마음을 접었다.

"이보물! 너는 이 집의 보물이야. 아니, 우리의 보물이지. 아프지 말고 쑥쑥 자라렴! 더 크면 이다음에 어떤 보물이 될 거니? 아직 말해 줄 수 없다고? 그래 좋아. 지금처럼 건강하기만 하면 돼요. 아시겠습니까?"

아이들은 정말 귀한 보물이다.

보물이네 집에 방마다 CCTV가 설치되어 있다고 했을 때 도난 사건이 있었나 싶었다. 그러나 두 번의 실패 끝에 보물이를 만났다는 보물이 엄마의 이야기를 나중에 듣고 이해가 되었다. 보물이 엄마는 지금도 걱정이라는 듯 말했다.

"보물이를 누가 데려가면 어쩌나 고민하다가 방마다 CCTV를 설치했거든요."

예전에 만났던 혜인이 엄마가 생각났다. 혜인이는 네 살 때 우리 어린이집에 입학했다. 자연친화 활동이 어린이 신체발달과 언어발달을 촉진한다고 생각한 나는 산책 활동과 텃밭 활동을 진행했다. 어린이집 주변에 있는 공터와 작은 공원, 학교 옆 10분 거리에 있는 텃밭을 매일 걸어서 다녔다.

"아이구, 예쁜 우리 아가들! 오늘도 밭에 가는구나? 후후. 자, 우리 아가들, 할머니가 오늘은 아스께끼를 줄게, 하나씩 먹으렴. 어? 그런데 우리 혜인이 어디 있…?"

"어? 하얀 할머니가 어떻게 혜인이 이름을 알아요? 진짜로 가짜인가 봐…, 그치?"

개구지고 변죽 좋은 형님반 아이가 그동안의 의구심을 참지 못하겠다는 듯 커다란 목소리로 옆 친구에게 동의를 구했다.

"맞아! 할머니 가짜죠? 어디, 에잇! 아악! 마녀야 진짜 마녀!"

어떻게 손 쓸 틈도 없이, 눈 깜짝할 사이에 할머니의 하얀 가발이 벗겨졌다. 순간, 머리에 검은 염색약을 잔뜩 칠한 채 비닐 랩을 싸맨 흉측한 모습의 혜인이 엄마가 얼음과자가 든 검정 비닐봉지로 얼굴을 가리면서 쩔쩔매고 있었다.

"아냐, 울 엄마 아냐! 울 엄마 마녀 아니란 말야, 아앙 어어엉!"

지금 생각해도 그날의 영상은 지워지지 않는다.

늦게 결혼한 혜인이 엄마는 아이를 애타게 기다리며 온갖 좋다는 방법을 다 시도했다. 그렇게 안타까운 세월을 보내다가 무려 8년 만에 혜인이를 만났다. 혜인이 엄마는 누가 혜인이를 데려갈까 늘 노심초사했다. 지나가는 사람이 혜인이를 쳐다보기만 해도 얼른 싸매서 집으로 데려가곤 했다.

혜인이가 자라면서 엄마의 고민은 더 커졌다. 애를 응석받이로 만든다는 주위 사람들의 눈총으로 망설임 끝에 어린이집에 보내긴 했지만 그 불안증을 떨쳐버릴 수 없어 산책하러 가는 길가에 불쑥불쑥 나타나곤 했다.

젊은 선생님들이 나에게 불평했다. 다른 아이들이 혜인이 엄마를 보면 일 가신 엄마 생각을 하고 울먹인다는 것이다. 또 소심한 혜인이의 의존성 변화가 더디기 때문에 단체생활 안내가 필요하다는 요지였다.

물론 입학 설명회 때 어린이집 운영 내용과 일과, 생활 규칙을 모두 안내했다. 나는 단지 학기 초라 실천이 잘 안 되는 것으로 생각했다. 그래서 혜인이 엄마에게 멀리서, 다른 아이들 눈에 띄지 않게 잠깐씩 혜인이를 확인하면 좋겠다고 권유했다. 말하자면 혜인이 엄마에게도 적응하는 시간이 필요하리라 생각했다.

그 후 하얀 가발을 쓴 혜인이 엄마가 동네 할머니들이 앉아서 쉬는 평상에서, 학교 앞 문방구에서, 길거리 벤치에서 문득문득 출현했다. 사탕 나부랭이를 아이들한테 나누어 준다는 핑계로….

그러다가 수상하다고 벼르던 형님반 아이들한테 그날 정체가 탄로 나고 만 것이다. 아슬아슬한 할머니 놀이는 그렇게 끝났고 혜인이는 길에 주저앉아 대성통곡했다.

인생을 오래 산 어르신들은 이렇게 안내한다.

"집 안에 아이가 없으면 웃을 일이 없어요."

또 지나온 생을 돌이키며 이렇게 말씀한다.

"풋풋하고 가난하지만 아이들이 올망졸망 품 안에 있을 때가 제일 행복했지…."

그렇다. 아이들은 우리의 보물이고 또 우리의 미래다. 그렇다면 그 귀한 보물들을 우리 모두 애지중지해야 하지 않겠는가.

파-라-다-이-스.

누구나 원하는 지상의 낙원.

먼 곳.

그러나 결심하면 갈 수 있는 곳.

그 파라다이스엔 보물이 있다.